実録 第二次世界大戦戦記

降《お》り坂《さか》滑る 右に石あり

石津 功

文芸社

想空

時は過ぎ去りて帰らず
されど思い出は
ほのかに残りて旧懇を温める
悪しき事は
後世の教訓とならん事を念じ
此処に忘れゆく
ふたたび過去を記して
諸兄の語らい種にならん事を

目次

目　次

三章　長直溝

四章　降り坂滑る右に石あり

まえがき

第二次世界大戦は、我々日本人が国を挙げて戦った最後の戦争です。終戦から半世紀が過ぎ、戦争体験はややもすると風化しつつあります。しかし、アフガニスタンへの多国籍軍の展開や、米国とイラクの軍事対立などを見ると、二十一世紀になった今も、戦争は決して無くなっていません。

戦争に行くと、人は否応《いやおう》なく死に直面します。私は運よく生き延びましたが、死体が多数転がる大地を進んだ事もあります。砲機関銃の乱射を受けた事もあります。戦争に加わった日本人の一人として、戦後世代にこそ戦争の現実を知っておいて戴きたいと思います。

当面する外国での戦争を客観すれば、我々の戦争体験は如何《いか》にも幼稚に見えるでしょう。しかし、対峙するものに変わりなく、むしろ今の方が情けも容赦も無く殺戮《さつりく》するように感じます。

ここに、一兵士が目にした第二次世界大戦はどんな様子だったのか、見たまま感じたままを余す所なく書いてみました。お汲み取り下さい。

これからの世代の人と国家の在り方において、多少なりとも研究参考の一助ともなれば幸甚と念じながら、拙い筆を執りました次第です。

尚《なお》、登場人物は全て仮名としました。又、地名は日本語読みのもの、現地読みのもの、何《いず》れの発音か不明であるものが混在しており、全て当時の私の記憶によっていま す。

平成十五年四月

石津　功

一章　召集令状

召集令状

昭和十六年（一九四一年）十二月三十日、私の許に一銭五厘の切手を貼った赤紙、即ち召集令状が届いた。翌十七年一月十日近衛歩兵第三連隊に入隊すべしとの命令書である。

私は当時、叔父の下で弓作りを修業していた。当時、職場は徒弟制度が普通で、徴兵検査（二十歳）まで修業するのが通例。独立はこの年で許されたが、多くはお礼奉公三年してからだった。私もその道を行くはずだったが、召集により、二十歳で独立金（退職金）百円を餞別として貰った。

この時代の物価は、例えば約三ＤＫ程の広さの木造一戸建て、トタン葺きの家が百五十円で建った。小学校の教師（憧れの職業だった）の初任給が三十円（東京都では現在、二十万二千五百円）。当時ＮＨＫラジオに職業紹介の時間があり、そこで紹介を受ける日雇労務者の日給は五、六十銭（現在六千円から一万円前後）、市（都）電の乗車賃は片道七銭（均一運賃、現在地下鉄は百六十円）であった。一膳飯屋と呼ばれた大衆食堂で食事すると、朝は一汁一菜で五銭から七銭、昼は煮魚が付いて十銭から十二銭、夜は十八銭から二十銭ぐらいだった。物によって価格の変動の仕方が大きく異なるので、今との物価対照は出来るようで出来ない事が分かる。

出征して二年兵になったころの著者

千人針

次にお内儀《かみ》さん（修業先では、叔母をこう呼んだ）より、無事を祈っての千人針を貰う。親元に帰り、直ちに出征の仕度をした。昭和十七年の正月は、餅を頬張りながら荷造り。正月気分はなかった。

千人針は弾丸《たま》除けのお呪《まじな》い。晒布《さらし》の胴巻に針を通して、赤糸で小さい丸い結び目を千個作る。女性だけの手作業だ。そのため親戚はもとより、街角、駅頭等、人出のある所に出張して、通行する女人《ひと》に針を通して貰っていた。普通の干支《えと》の女人は二つ三つ結び目を作れば済むが、寅年生まれの人は年の数だけ作った。積年の人は大変だった事と思う。これは「虎は千里走って千里を戻る」の言い伝えから来ている。

一番印象的だったのは、恐らく亭主に着けて貰うのであろう、ひとりの婦人が額のほつれ毛を掻き上げ、背中の乳飲み子をあやし、仕上げてくれた女人に頭を下げていた姿だ。いじらしく感じた。他方、家庭の事情か、十三歳位であろう女の子が一人、弟であろう五歳程の男の子の手を引きながら、町中で通る女人に甲高い声でお願いする様《さま》に目頭を熱くした。

その時の流行歌に「千人針の歌」がある。女性歌手の渡辺はま子が歌った「橋の袂に街角に、並木の道に停車場に、千人針の人の数、真心込めて辿る針」を耳に、北風の吹き荒ぶ街中に佇む女人に、同情と感謝の念を抱いたものである（お内儀さんに貰った千人針を戦地で腹に巻いたが、蚤、シラミの巣になって弱った）。

一月十日朝、白いエプロンに「国防婦人会」と書いた幅広の斜めタスキを掛けた町内の奥さん達と、約二メートル長さの幟旗《のぼりはた》に「祝出征何某君」と書いた旗を二、三本押し立てた町内の人々（当時「隣組」と言った）より、励ましの軍歌と萬歳《ばんざい》の声に送られ、麻布乃木坂並び、のちの防衛庁（現在は移転）に入った。

戦争は勝気満々の中、ふと親父の侘しい顔に接し、胸が詰まった。それもその筈で、七年前に母を亡くし、一人娘の姉を台湾に嫁がせ、頼む兄は三年前に出征している。そして私の出征である。文字通り一人ぼっちだ。いつもは強気の親父だが、さすがに堪《こた》えたであろう。私も複雑だった。

戦地に着いて直ぐ、手紙と共に「踏まれても根強く忍べ道芝の　やがて花咲く春をこそ待て」の古歌を添え書きして送った。

後で外聞するのに依れば、令状が来て三日後に兵役忌避で自殺した者、又、入隊時出頭せず自宅の押入れの奥に身を潜めている所を憲兵に引き出され、連行された者もいたと聞く。戦地でも、便所の中で銃の引き金を引き、自殺した者がいた。

前線に移動

入隊後直ちに、下着から軍服、軍靴に着替えた。大小様々あり、体を服に合わせろである。所謂《いわゆる》窮屈とダブダブのコンビよろしく、帯剣を着け、芝増上寺内黒書院で内務班を構成した。兵隊の出身地は、東京、山梨、埼玉。早速、グズグズするなと、古《こ》兵《へい》に二つ三つ頰を叩かれた。

食器は飯盒《はんごう》で、食後飯盒を洗っている時、素早くその中蓋を盗まれ愁眉。取り返すという名目でやむなく人の分を掠《かす》める。これを称して「員数を合わせる」と教わる。ここにも生活の裏表のあるのを思い知った。内務訓練では「気をつけ」「休め」「前へ進め」等、団体動作の教練があった。「右向け右」で動きを一つに合わせる事を覚えさせると同時に、軍隊生活に馴染ませるのが目的だった。

二月十五日夜、品川駅操車場より兵員輸送の専用列車に乗る。窓は鎧戸を下し、宛《さなが》ら夜逃げでもするようだった。列車に乗った時は、向かい合わせの四人掛け座席に皆きちんと座っていたが、長時間乗ると、座り続けるのも大儀だ。今のソファーのような椅子ではなく、木の板が剝き出しの座席である。そのうち、床に新聞紙を敷いて横になる者、携帯テントを敷いて寝る者が出る。網棚に寝た者もいたが、眠っていて落下し、騒ぎになっていた。後日移動で大陸列車に何度か乗ったが、貨車は床が平らで、胡座《あぐら》をかくか寝転がる事が出来て、かえってありがたかった。

翌日、広島県宇品に着き、民宿に毛の生えたような旅館に一泊。此所《ここ》より乗船して朝鮮の釜山に向かう途中、玄界灘で一人身投げしたと聞く。戦いに行くのに何で身投げしなくちゃならんのだと、真意を訝《いぶか》る。

釜山に上陸し、寺院に一泊。翌朝、大陸列車で鴨緑江《おうりょくこう》を渡り、零下三十度の満州を通過した。車内は二重窓と暖房で暖かかったが、外の寒さは凄まじい。扉が凍り付いて開かない。飯上げといって、食事を外から運び入れる時も、うっかり車外で鉄棒や取っ手に触ると、手がくっついて離れなくなる。周りでは「触るなよ」と怒鳴り声が飛び交った。

五日目に河南省新郷《しんごう》に着き、北支那派遣軍第三十五師団衛生隊東第二九三三部隊に編入された。俗に「泣く子も黙る三十五師団」と言われ、北海道出身の強者が揃っている。大きな方面軍作戦の時、衛生兵も皆ボロボロな服装になったという。敵が迫撃砲をジグザグに撃ち込んでくる戦場で、肌着一枚で担架を担いで突っ走ってきたそうだ。歩兵も衛生兵も皆、張り切っていた。初年兵の頃、古兵が北海道、東北訛《なま》りの巻き舌で武勇伝を披露、「お前達、もたもたしていると張り倒すぞ」と威張っていた。

河南省も冬は零下十五度に冷え込む。風呂に入り、ぶら下げていた手ぬぐいをヒョイと上に振り上げると、一気に氷結して棒状に固まった。

北支新郷にて。東第二九三三部隊

初年兵教育——歩兵教育

次に新郷より開封《かいふう》に移り、師団教育を受けた。師団全体から衛生兵の初年兵を集め、一括して教育する。開封は黄河のすぐ側、所謂黄砂地帯にある。黄砂が吹き荒れると、空は真っ黄色になり、一メートル先も満足に見えない。戸を閉めても窓の内側に細かい砂が積もる。

その開封で歩兵教育を一ヵ月、鞭で叩かれるような修練を受けた。歩兵教育は兵站《へいたん》宿舎に入って行われた。入隊して整列、将校室よりツカツカと隊長が出て来た。顔は眼光鋭く鍾馗髯で、長靴の拍車をカチンと鳴らして隊列の前に直立、「ワシは大菅少尉である。爾後《じご》ワシが隊の指揮を取る」と名乗った。次の発声に驚いた。「お前達『愛染かつら』（当時流行ったメロドラマ映画）が好きか」の質問である。虚を突かれて、思わず目を白黒させられた。返事が無い。当然である。隊長曰く「俺は好きだ。

殊に『花も嵐も踏み越えて、行くが男の生きる道』の歌詞が好きだ」である。この人は話せる人か否か分からない。我々初年兵には、頂上の人だ。

班長も古兵も皆、中国大陸侵攻作戦の猛者といった感じだ。初年兵は、孫子の兵法を組み込んだ作戦要務令や歩兵操典、内務教範、軍人勅諭を頭に叩き込まれる。射撃訓練も受けた。小銃を撃って、弾があさっての方向に飛んでいくと、鞘を付けた短剣でボカンと殴られた。何かある度に直ぐ張り倒される。帯剣の構え、銃の手入れも訓練した。銃が少しでも曇っていると、ただ殴られるだけでは済まないほど厳しい仕打ちを受けた。

歩兵教育で発進停止の演習があった。ザザッと走って前進し、止まって銃を撃つ訓練である。途中、腐臭が鼻をついた。見れば、子供の骸《むくろ》が道端に転がり、その屍肉をカラスや野犬がつついている。しかし避けるわけにはいかない。射撃は地蔽地物を利用すると言って、地形や地物を利用し、身を隠しながら撃たなければならないからだ。子供の死体であっても、そこにあれば身を潜める地物にする。止むを得ない。我慢して演習を続けるしかなかった。

捨てられていたのは、親より早く亡くなった子供の遺体。早死にした子供は不孝な子とされ、親は馬車に乗せて捨てに行く。馬車に子供の亡骸《なきがら》を緩く縛り付け、馬車を走らせるうちに何処かで落ちる仕掛けだ。逆に、子供が大きくなると、親のために漆《うるし》塗《ぬ》りの立派な棺桶を作り、亡くなった親をそれに入れて葬る事が大変な親孝行だと評価された。それと金持ちは何人もの泣人《なきと》を雇って柩の側に従え、泣かせながら歩くのも奇習と言おうか。それに伴う音楽（鐘・太鼓・胡弓等）もあるが、結婚式に使うリズムとどこが違うのか、我々にはわからなかった。

毎日訓練とビンタの生活に明け暮れる中、三月十日（陸軍記念日）の午前一時、非常の声と共に装備を整える。側で古兵が「師団の編成は五分間だ。その末端が何をぐずぐずしているか！」と怒鳴る。広場に整列。大菅小隊長より「警備部隊は只今作戦出動中である。開封南門城壁に敵襲あり。直ちに対峙出発する」の発令一下、駆け足で五キロ程走行。まだ訓練慣れしていない者にはきつい。三人位へばった。

一章　召集令状

開封での初年兵当時の著者

城壁に上って見渡すと、下はモロッコを見るような砂丘地帯。まばらに人骨も見えた。直ちに展開、対峙する丘上より小銃の発射音がする。敵の攻撃かと思いきや、向こうから我が部隊の古兵二名が飛んで来て、「空弾がなくなり、実弾になります」と小隊長に報告する声が聞こえた。「駄目だ。演習終わり」と小隊長。初年兵の我々にすれば、なぁんだ、である。指先で頭を突かれた感じだった。

帰隊してからの朝食には、鯛の尾頭に、小さいながら料理の向こう付けが出て、目を見張った。陸軍記念日の祝い膳だ。折り詰めでも感激した。

慰問団

数日後、部隊会報で慰問団が市街中心部にある劇場を訪れるとの事。駐留部隊交互に隊列を整え、劇場に入る。来演者に当時のアイドル歌手、李香蘭（山口淑子・元参議院議員）が団員の一人として入っていた。李香蘭は満州生まれ、満州育ちの日本人だが、中国人の歌手・女優として一世を風靡していた。当時二枚目俳優の長谷川一夫と映画で共演、『白蘭の歌』、『支那の夜』、『熱砂の誓い』の大陸三部作がヒットしていた。

実物の李香蘭は実に綺麗だった。声がよく通り、「夜来香《イエライシャン》」、「何日君再来《ホウルウチュンツアイライ》」の二曲が印象深い。はじめ日本語で、次に中国語で歌った。兵隊で埋め尽くされる客席からの、「長谷川一夫が待ってるよ！」の掛け声に皆一笑。束《つか》の間の慰めであろうか。

終わって退場時、興奮してか兵隊が劇場正面のガラス戸を壊してしまった。直ちに師団教育の我が小隊長、大菅少尉が壇上に上り、停止命令と共に「お前達の行動は何事だ。それが規律を重んじる我が国軍人の行為か！」、と一くさりやられた。

その後、いくつか慰問団が来たが、よかったのは李香蘭ぐらいだ。他は、新体操のように布をひらひらさせる芸人や、やたら足を広げる女芸人に、徴兵を忌避した男が芸も無いのに慰問と称してやってきたりと、大した事のない慰問団ばかりだった。しかしそれも暫《しばら》くの間だ。後、各部隊は転戦移動、各々何所《どこ》の空の下で戦乱に遭遇したものか。

初年兵教育——衛生教育

歩兵教育を終え、第一野戦病院に移り、頭上より押し込むような衛生教育を三ヵ月受けた。師団の各部隊から三百人程が集められた。学科は二十三課目に上る。包帯術、按摩術、伝染病の種類、諸病種の治療法、薬物の配合（禁忌《きんき》）などを頭に詰め込んだ。例えば法定伝染病十種は、「コレセキチパジショウホットウペリュウ」と略して覚えた。順に、コレラ、赤痢、腸チフス、パラチフス、ジフテリヤ、猩紅熱《しょうこうねつ》、発疹チフス、痘瘡《とうそう》、ペスト、流行性脳脊髄膜炎の頭をつないだものだ。

病院の講堂で毎週月曜日から金曜日の午前九時から午後五時まで、昼休みを除き、教典と口頭筆記の講義をびっしり受けた。土曜日は今までの講義種目の試験、日曜日は洗濯日。試験に落第はないが、成績で序列が決まる。優秀な者は昇級が早かった。

衛生教育の終わり頃には、盲腸《アッペ》の手術の助手兼見学もやらされた。初年兵の十人中八人まで吐いたが、私は吐かずに済んだ。

その間、内務班（寝起き生活する時の班）に戻れば、牢名主のようにふんぞり返っている古兵より、歩兵操典、作戦要務令、内務令、衛生教科書、軍人勅諭等の質問あり。間違えればビンタである。トイレにも教科書を持ち込み、しゃがみながら頭に叩き込んだ。頭が幾つあっても足りない気がした。行動と言えば、軍事教練に演習行軍。夜は班別交替で、衛兵（門番）及び病室（兵舎二階）と兵舎内の不寝番に就いた。

慌て者の川尻二等兵

第一野戦病院の病室には、同年兵二名が入院していた。会えば、学科訓練の進み具合の話をする。或る時、川尻二等兵が不寝番についた。いつも通り見回って、患者の岡本二等兵の側に来た時、ドカンの轟音と共に兵舎が揺れて、閉まっていたドアが自然にギィーッと開いた。以前より、その付近のベッドに患者が寝ると、うなされるか、踊り出すと言われていた場所だ。川尻二等兵は驚いて帯剣を抜き、開いた入り口に向かって突き進むと、階段を駆け下りて、衛兵所に走り込み、「出た!」と叫んだ。

その時衛兵は、近くを通っている鉄道の爆破と見て様子を窺っていた。その最中に、川尻二等兵が血相を変えて飛び込んできたのだ。「何だ、お前は」の声に、オドオドした様子の彼を見て、呆れかつ笑ったそうである。白衣を着ている患者に出会わないでよかった。病人は、成田山あたりの参拝客の間に見かけるような白衣を着ており、暗闇で遭ったらお化けに見えかねない。慌て者が帯剣で刺してしまったら、大変な事になるところであった。

南満州鉄道(満鉄)に対する爆破テロが時々起きていた。満鉄も、爆破されても構わない無人の「犠牲車」を列車の先頭に配して、機関車が被害に遭わないよう、工夫した。それでも開封付近には、線路脇に人骨が散乱する場所があった。余り気持ちのいい光景ではない。

又、暑中耐久行軍の訓練では、終わって帰隊した途端、冬木二等兵が俄《にわか》に倒れた。熱射病（暍《えつ》病）である。床に裸で寝かせて、バケツリレーで井戸から水を運び、全身に打ちかけた。すると彼は急に教官である高野中尉（軍医）の名を呼び、「助けて下さい軍医殿、お医者さんでしょ」と連呼したのだ。驚いた。そのうち治まり、寝込んでしまった。後で彼に聞いたが、全く記憶にないそうである。人間の心理の不可思議さを感じさせられた。

その後も演習でたまに、暍病で倒れる者がいた。作戦行動中に暍病で倒れた者を見た事はない。後述の太行作戦は、夜行軍の後、夜明け前に戦闘を始めた払暁戦《ふつぎょうせん》で、暍病になる時間帯ではなかった。

日を経て、我々教育兵は各隊別（衛生隊、第一、第二野戦病院）に別れ、帰隊した。成績序列は、我が衛生隊兵が上位を占めたので、原隊に帰ると、古兵に鼻が高かった。帰隊間もなく、古兵（北海道出身者）が三年間の軍務を終えて、帰還（除隊）した。また出征しただろうが、何処へ行ったのかは分からない。

二章　前線勤務

最前線に着く

非常呼集と共に、楪県楪陽地区など近隣地域の二、三の討伐作戦にトラックで出撃。三十五師団は甲師団で、歩兵、戦車、航空機を投入して立体的に交戦した。戦闘部隊は本隊の周囲に前衛、側衛、後衛をそれぞれ配置する。我が衛生隊は本隊後方、砲兵陣地と併存待機し、傷病者の出るのを看守する。敵は砲兵を狙って攻撃してくる。実戦の凄まじさに緊張した。

最前線の治療は、「患者を可愛がるな、傷を可愛がれ」と教わる。例えば、衛生部の数え歌に「六つとせ、無理な事する軍医さん、麻酔もかけずに手術する」とあるように、麻酔をチョコンと打っただけで手術する事がある。出血多量の傷者の場合、全身麻酔をかけると、眠ったまま死んでしまうからだ。痛い痛いと言っている間は、神経が通っている、即ち生きているわけである。福州に強行上陸した後、YMCAに開設した病院で、このような戦地特有の手術の助手を何度も務めた。

終戦後、兄と再会して戦地の話をしていた時、北中国の濮県濮陽の作戦が話題になった。その時初めて、兄が所属した三十二師団が偶然、敵の背後に展開していたと知った。隣接していたとはいえ、広い大地の作戦展開ゆえ、殊に我々兵には知る術《すべ》も無かった。会っていたら四方山話《よもやまばなし》も出来たであろう。兄はこの作戦の後直ぐ除隊。帰還して直ぐ、召集令状で再度出征。仏領インドシナ（現・ベトナム）に上陸後、プノンペンを経てサイゴンに転戦、終戦を迎えた。通信兵だった関係で、軍からの通達以前に終戦経過を傍受していたと聞いた。

戦地での思いがけない物、それは慰問袋の配給であった。開けてみなければわからない福袋のように感じた。大きさは大体、大人の枕程で、ゴマ塩乾燥卵のりの振り掛け缶が主だった。他にキャンデー、佃煮缶、雑誌もあった。そのうち個人宛の慰問袋も届くようになったが、暫《しば》らくして袋も小さくなり、中身も振り掛け缶がせいぜいになり、戦況の悪化につれて途絶えた。

兵の楽しみは何といっても甘味で、酒保《しゅほ》（汁粉、甘酒、餡巻＝ドラ焼きを丸めたような菓子で一本十銭位などを売り食いする店）で薄給を費やす。戦地勤務の場合、戦地給与で一、二等兵の俸給は十九円五十銭、上等兵は二十二円、兵長は二十三円、伍長（下士官）は二十五円であった。内地勤務は戦地勤務より十円安く、一、二等兵が九円五十銭、上等兵が十二円、兵長が十三円、伍長が十五円だった。

新郷の衛生隊

最前線では、内科医であっても、軍医なら手術を執刀しなければならない状況に直面する。このため新郷では、外科医の村井博士が内科医に手術の仕方を教えていた。練習台は辺りにいる野犬だ。集めるのに一苦労した。内臓を開くと蟯虫《ぎょうちゅう》が居るのには参った。手術後に餌をやるうち、衛生隊の周囲が犬だらけになってしまった。

この村井博士は権威のある先生で、我々衛生兵はピリピリしながら助手を務めた。

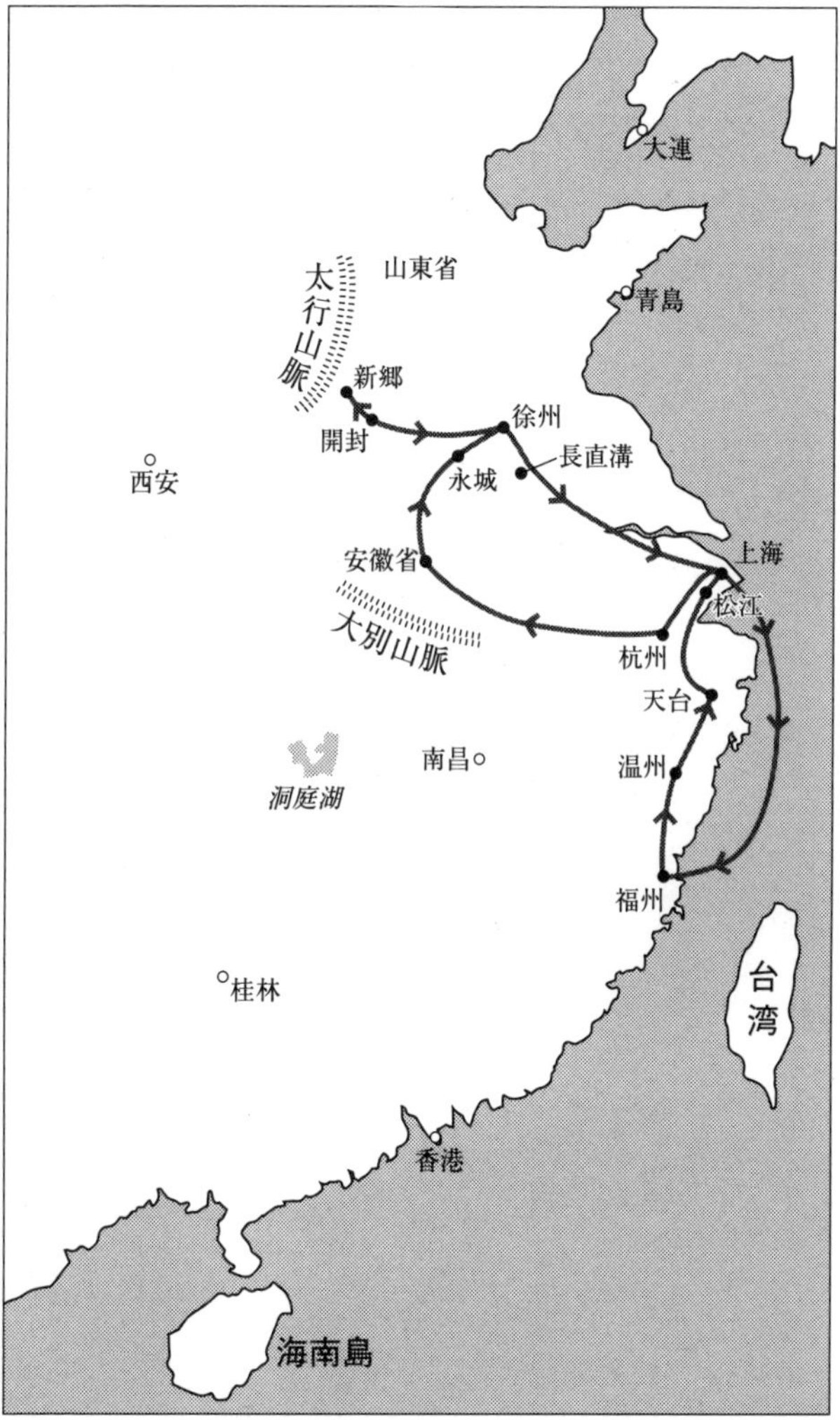
大連
山東省
青島
太行山脈
新郷
開封
徐州
長直溝
永城
西安
安徽省
上海
松江
大別山脈
杭州
天台
南昌
温州
洞庭湖
福州
桂林
台湾
香港
海南島

診断カルテ（病床日誌）を我々に口述筆記させる。診断を述べる順は大体決まっており、体格及び栄養（「体格栄養中等度」などと言っていく）から始まり、胸部所見、腹部所見、患部所見と続く。声が小さい上に、時々難しい言葉が出るので大変だ。分からずに「はっ？」と聞き返すと、「何を聞いとるか！」とどやされた。カナで書いておき、後で辞書を引いたり、下士官に聞いたりした。下士官も「知らねえなぁ」と怪訝な顔をしたのには困った。

衛生隊では、注射の液量のccをドイツ語で「ツェーツェー」と発音したり、盲腸を「アッペ」と呼ぶのは序の口。村井先生が帝王切開の手術をした時、私が助手に付いた事があった。村井先生の上に、貝沢医長（大尉）がいる。手洗い消毒した医長が村井先生の許に来て、「アーツー」と言う。初め私には分からなかった。これはＡＺ（Allgemeinzustand）の略語で、患部及び全体の症状を聞いているのだ。村井先生は黙々と手術している。ドイツ語の専門用語が飛び出ると、こちらは面食らった。医者同士なら通じるが、それをこっちに持って来られると大変だった。

この時の患者は車両中隊の大川上等兵で、結核性腹膜炎の診断で側腹の打診により確認後、手術を施行した。彼は酒好きで、静かにチビチビ呑む。幾らでも呑むが、乱れない。余程好きらしい。だがこれは手術時の全身麻酔には駄目で、麻酔が効かない。腸を全部出して、所謂空気消毒の処置である。蝿が飛んでいるので追い払うのに苦労した。彼の「まだ終わりませんか」の声に、やり切れない気持ちだった。それも麻酔薬はこれ以上使えない程の量と種類を施行してある。唯一ビタミン剤の薬効だけだ。それでもよく頑張ったものと感心した。

彼とは班での寝床が隣同士で、時々将棋を指したが桁違いに強い。以前は賭け将棋も指したとか。例えば私が将棋盤に駒を並べると、彼は歩《ふ》と王将だけを将棋盤に置いた。飛角金銀桂香落ちの対局だが、彼は私の置き駒を片端から取って活用、こちらの玉はきっちり詰まされた。驚くやら悔しいやらという経験がある。

次いで印象に残るのが、同じく外科の小田桐先生だ。我々の入隊後まもなく除隊となった先生で、キリスト教徒だった。北中国の日本軍には、各将校に一頭ずつ馬が付いた。行軍の最中、状況開始になり敵が部隊を攻撃してきた時、当番兵が「軍医殿、状況展開です。下馬して下さい」と伝えると、馬上から「儂《わし》には弾は当たらん」の一言。信仰もここ迄来ると凄いなあと思った。

軍医と衛生兵の結束は固かった。軍医は常日頃、「俺達の腕がいくら良くても、お前達助手が動いてくれなければ何も出来ないんだ。かといって、お前達だけがガラガラ動いたって、傷者の治療は出来ない。何しろ結束して掛からなければだめだ」と我々に語っていた。だから会食ともなると、皆家族のように親密だった。

桜井中尉という産婦人科医は、給料を全部はたいて料理を取り、御馳走してくれた。桜井中尉はブーゲンビルに向かった後、生きて内地に戻り、医院を開業したと聞いた。

『内科診療の実際』

新郷の原隊に帰ってまもなく、医者が使う一部専門書『内科診療の実際』(西川義方・医学博士著）に、病種、病歴、治療法が詳しく書いてあると聞いた。衛生兵でも二、三人持っていた。内地なら手に入りやすかろうと思い、本屋で探してくれるよう、親父《おやじ》に手紙で頼んでみた。家業が日本の伝統文化に関係するだけに、親父は封建的だ。直ちに「お前は何になる気だ」とお叱りの返事を受け取った。その時は結局手に入らなかった。

しかし後に上海に出て、四川路の街角にあった割と大きな本屋で、意外にも同書を発見、購入した。軍医の助手としてカルテを書くのに備え、病名と症状を覚えておく時に参照した。

中華料理店の話

下級兵は古兵の身の回りの世話をしなければならない。御礼の意味か、古兵がある日、お前達おごってやるよ、と我々を食事に誘ってくれた。行き先は中華料理店だ。

北海道出身の、普段はおっかない古兵が御馳走してくれるとあって、大丈夫かなと、やや不安に思いながら数人で付いて行った。

開封、新郷などの北中国は黄砂が凄まじい。建物の入り口に細かい砂が積もり、道路に車が通ると、砂が濛々《もうもう》と舞い上がる。そんな土地なのに、地元の中華料理店は、軒下に調理台を出して料理を作る。こんなに美味そうな料理を作っているのだと、通行人にアピールするためだ。おまけに料理人が手鼻をかむ。何だか汚らしい。鼻水が中華鍋に飛び散っているのではと心配だ。衛生教育を受けた我々には、ちょっと店に入りにくい。ところが古兵は平気。「汚いのではないですか」と尋ねると、「いや、油で炒めるから大丈夫。それが一番完全な消毒だ」との返事。確かに理屈ではある。

料理店に入ると、壁から団扇が突き出ていて、上下に動いて風を送る。壁の向こう側では、人間が団扇の柄を上げ下げしていた。人力の扇風機だ。最初に出た料理は、楕円形の丼に鶏が丸ごと一羽。丁寧に毛を抜いた鶏が、こんもりとスープに浮いている。まるで鶏の土左衛門だ。鶏の皮は硬いイメージがあったが、この料理の鶏は皮が柔らかく、箸を入れるとスッと通る。美味しかった。

日本兵は「東洋鬼《トンヤンクイ》」と嫌われていただけの事はあり、現地で威張っていた。中華料理店でも、出された料理が気に入らないと、「不要《ブヨウ》」と言って下げさせる。もちろん代金は払うが、内地では絶対見せない尊大な態度だ。

中華料理は、素材から出る自然な旨味を上手に使う。特に素材自体の甘味を生かし、砂糖を使わない調理法が特徴的で、日本人が現地に行って覚えようとしても、なかなか会得できないらしい。テーブルの上の調味料も塩だけだった。私は日本に帰ってきて、料理の調味料がきついなあ、塩辛いなあと感じた。

自然の味を生かすのは、中華菓子も同じ。菓子の餡に砂糖を使わない。干柿や棗《なつめ》を煮込んで餡にし、月餅等に使う。胡麻をすり合わせて作った餡もよく使われる。いずれも健康食には違いない。いろんな素材が入った月餅は、その最《さい》たるものだ。日本では手抜きして小豆餡を使う店があるが、これは本当ではない。中華饅頭にしても、胡麻餡は美味いと思った。他に印象に残った菓子には、山芋を斜めに切って揚げ、飴《あめ》で和《あ》えた物がある。

町中では、木の横棒から熊手のように突き出た鉄串に、布袋の頭のような饅頭を刺して売る店も見かけた。中国人はその饅頭を買って食べる。しかし中国では、農家が乾肥《かんぴ》（糞を乾燥させた肥料）を使うため、蝿がものすごく多い。蝿が饅頭にたかる。中国人の店員に、「蝿がたかって汚い」と言うと、「旨いから蝿がたかるんだ」と言い返してきた。

中国人と食の関係で、もう一つ思い出すのが「吃飯了嗎《チーファンラーマ》」だ。直訳は「飯は食ったか」となるが、実は朝の挨拶。いかにも中国人らしい言葉である。

衛生隊で二次教育

新郷の衛生隊では、二次教育があった。衛生兵は当初、師団全体の初年兵教育として、開封で衛生教育（基本教育）を受けたが、前線勤務に就いてからも、内科・外科などの部門ごとに、病気の診断や種類など、細かい専門的な講義を軍医より受けた。

内科医の五味中尉が衛生隊駐屯地の別棟講堂で、二次教育の教壇に立った時、「お前達が我々高級医官から受ける教育は、地方では千金を積むと雖《いえど》も得難いのだから、よく聞け」と宣言した。そんな大層な事を言ったのは五味中尉だけだったが、その割に教える内容は大した事無かった。五味中尉とは、福州上陸作戦を経て、現地で終戦を迎えるまで一緒だった。

現地で往診

新郷には、満鉄関係の軍属（日本人）が数多くいた。衛生隊員は部隊の衛生管理の他に、駐屯地周辺の軍属の診療も担当した。現地には軍属用の家があり、暖房はペチカ（ストーブ）でとり、石炭を燃やす。新婚夫妻が一酸化炭素中毒で倒れ、衛生隊員が急行したが、夫婦のうち一人が死亡した。

或る時、現地中国人に急患が出て、軍医と私が往診したこともあった。中国人男性が駆け込んできて、「助けてくれ、妻の月経が止まらない」と騒ぐ。行ってみると、奥さんは出産の後、後産胎盤が体内に残っていた。衛生部は医療器具を入れた医キューと呼ばれる箱を十五個程持ち運んでいたが、その中に子宮鏡はあっても、子宮鉗子《かんし》はない。それでも軍医はうまく処置し、奥さんは快癒した。

百泉に行軍

北中国方面は大陸性気候で、冬は猛烈に寒く、夏は暑さが厳しい。しかも水質が悪い。つい、井戸水の冷たさに惹かれて飲むと、途端に下痢である。硬度分が多いため飲料に適さないのだ。診断室はこのため混み合い、一層注意を喚起した。薬はアドース（桐の木の炭粉＝吸着剤）にリバノールを配合したもので、飲ませると口の辺が黒くなるのが可笑しい。普段は水を煮沸して調理飲用に使う。煮ると、薬罐の底に白い石灰層が澱む程であった。

軍務もどうやら落ち着いた頃、訓練に部隊行軍を行った。目的地は百泉《ひゃくせん》という所で、蔣介石の別荘であったと聞く。東京ドームの半分位あったろうか、文字通り池一面の湧水で見事だった。ここだけは生水のまま飲める。全員飲み、又、泳いだ。

池のほとりは、屋根の反り返った中国独特の家屋が庭園の風情にマッチし、目を見張る景観だった。魚がいて、員数外《いんすうがい》（兵器管理の外の意。兵隊が隠し持っている場合もある）の手榴弾を一つ二つ投げ込み、浮いた魚を焼いて食べたのも思い出の一つだ。しかし手榴弾は戦利品で、日本軍が採用していない柄付き手榴弾だった。扱いに慣れないため、柄の末端の糸（これが引き金になり、引いて五秒後に爆発する）が指先に引っ掛かり、足元の池に落下して爆発。水深ふかく水柱が上った途端、皆飛び上がったのも可笑しかった。それでも皆無事であった（手榴弾は大体四十メートル先まで投げないと、投げた側も爆発の影響を受ける。時として投げ返す事もあったそうだ）。

帰路は夜行軍になり、「眠る奴に気を付けろよ」の声が飛ぶ。小休止で疲れて寝込んでしまい、置いてけぼりを食って捕虜になる歩兵が時々いたからだ。兵隊の中には酒好きが水筒に高粱酒《コーリャン》を入れ、呑みながら歩いた（水筒は水を入れる容器であって、酒を入れるのは違反であった。服装検査前には、白湯で煮ても水筒から臭いがなかなか取れない。高粱酒を水筒に入れた兵は、煮たあと臭いを嗅いでは、「まだ臭う」と茶を入れたりしながらぶつぶつ言っていた）。このため酔いが回り、将校馬の尻尾につかまりながら帰隊した兵を思い出す。馬上の将校は気づかなかった。馬もくたびれていたのか、蹴飛ばさなかった。

高粱酒のアルコール分は八十度以上。普通の消毒用アルコールの七十度を上回る。内地から持ってきた消毒用アルコールを節約するため、よく手術用器械の加熱消毒に利用した。高粱酒を少し取って火の側に近づけると、ポッと引火する程である。

部隊の十パーセントがA型パラチフス罹患

秋口になった時、部隊の十パーセントが法定伝染病のA型パラチフスに罹患、直ちに患者全員を新郷陸軍病院に隔離収容した。菌が腸に感染するため、熱が三十八、九度より下がらず、便も緩くなる。激しい下痢を伴う者もいたが、それ程の人数ではなかった。陸軍病院には衛生兵も看護婦もいたが、患者増に伴い、衛生隊より診療援助に向かう。部隊の周囲に柿が多数出回り、安価で皆食べた事から、この中に敵が病原体を仕込んだのではないかと噂が立ったが、真相は不明。幸い死者は出なかった。

陸軍病院では、軍属の家族や慰問団の患者もいた。病院の不寝番（夜間の患者見回り）に立つ。不寝番は最も重症の患者を起点に、各患者を見回らなければならない。起点の患者はたまたま、重体の軍属の女性だった。当時は点滴など無く、大腿部にリンゲル（血液の代用に用いられる生理的食塩水、アンプルといった大きなガラス容器に入っていた）の皮下注射であった。リンゲルの吸収を促すため、部位に温湿布を当てる。この太股を揉まなければならない。女性のそのような場所を見たり触れたりすることに抵抗を感じ、看護婦に代わってくれと頼むと、「何言ってんのよ。あたし達は普段、あんた達のを見てるんだから、あんた達がやりなさいよ」と言われてしまった。こちらはドギマギしながら、女性患者の太股を揉んだ。検温（時間体温を測る）、氷嚢《ひょうのう》枕の交換、下《しも》の世話等もした。

この女性は、随分はっきり寝言を言った。聞く気はなかったが、何某中尉から幾ら借りていたので、それを返すため仕送りがこの度はできなかった、この次送りますからなどと、手紙の文面のような事をつぶやいていた。この女性はやがて亡くなった。口や肛門などに下綿を詰める遺体処置は、看護婦に頼んだ。

陸軍病院は、軍の別組織であって、規則がそれなりに厳しく定められている。私が朝六時に各部屋を回り、「起床！」と言って患者を起こす。慰問団の一員としてやって来て病気になった女性患者が、「早朝から何故患者を起こすのか」と食って掛かった。私は「ここは地方の病院と違う。起床時間、食事時間、就寝時間が定められているのだ」と軍隊口調で説教したが、この女性はちゃんと理解したかどうか。別の時には「兵隊さん、何々を買ってきて」と、何か勘違いしたような事を言っていた。何を言ってるんだと腹が立った。

軍は男所帯だが、陸軍病院には看護婦がいる。男女の自然の成り行きと言おうか、軍医と付き合って妊娠した看護婦が二名いたそうだ。いずれも自殺したらしい。

サソリとカラスと亀

北中国で一番恐ろしかったのがサソリ。日陰のジメジメした所に潜んでおり、「七《なな》節《ふし》あるサソリが一番おっかない」という話だ。ザリガニのような形だが、尻尾を持ち上げてチクリと刺す。トイレの中囲いは竹で編んだアンペラで、そこによく潜んでいる。トイレでしゃがんだ時に尻を刺されると、大の大人が半べソかく程痛がる。死ぬわけではないが、患部にメスを入れて瀉血《しゃけつ》し、毒素を出した後、痛み止めの薬を注入して治療しなければならない。私は刺された事がないが、周囲には二、三人刺された者がいた。

内務令に、軍靴を履く時は上下逆にして振ってから履くようにとの指示があったが、これもサソリ対策だ。実際、朝起きて靴を履こうとすると、サソリが忍び込んでいる事がある。

冬場に使ったペチカ（石炭ストーブ）が、暖かくなって不要になる。ペチカを崩してみると、サソリが出てくる。ペチカはレンガで造るが、レンガの固定用に土が挟んである。その土の中にサソリがいるのだ。私も土の中から小さな二センチ程のを一匹見つけた。表に引っ張り出して放置すると、カラカラに干からびて死ぬ。それをセロハンテープで葉書の隅に貼り付け、親父に送ると、無事届いたそうだ。親父から、「蛇蝎《だかつ》のようなどと言うけれど、よく捕まえて見せてくれた」と返事があった。日本人にとって、サソリは話に聞いた事があっても、見たことはないから、珍しかったようだ。

北中国の朝は、空が真っ黒になる程のカラスが群れを成して飛び立って行く。カラスは中国で縁起の良い鳥とされ、日本でのように忌み嫌われる事はない。それで増えたのか、開封でも新郷でも、夥《おびただ》しい数のカラスを見た。カラスは何処へともなく飛んでいき、夕方再び空を真っ黒にして、街路樹の枝に戻ってくる。

逆に、日本で「鶴は千年、亀は万年」と言われ、お目出たい筈《はず》の亀が、中国では嫌われる。你是烏亀《ニースイウーグイ》（お前は亀と同じだ）は悪口だ。烏亀《ウーグイ》と書いて、日本語の「亀」の意味である。カラスと亀は、日本と中国の受け止め方の違いが意外だった。

曹長から一等兵に降等

軍隊は多数の人間集団である関係で、いい加減な者が必ずいる。新郷の衛生隊では、兵器係を務めていた畠山曹長が、上位下士官の地位を良い事に、自動車タイヤの横流しをしていた。

或る時、憲兵が曹長をしょっ引いていった。曹長は営倉入りどころか、軍法会議に直行。一ヵ月程いなくなっていた。いつの間にか戻ってきたらしいが、さすがに我々の前には顔を出せない。それまで金筋一本に星三つ（曹長）でふんぞり返っていたのが、赤ベタの星二つ（一等兵）に格下げされただけに、目も当てられない。軍隊は三年間が年限のため、そのまますぐ除隊になったと思われる。

横流ししたタイヤは、移動用のトラックのものだ。三十五師団は甲師団（一番整備された師団）で、兵員輸送にトラックを使った。当時は、アメリカのフォード、日本のトヨタと日産のトラックが走っていた。丈夫で馬力があったのがフォード。日産のトラックは途中でよくエンコした。エンコした車があると、日産だろうと皆決め付けていたようだった。

太行作戦

昭和十八年春、太行山脈（北中国の中央山脈で、その末端は満州まで続いている）の作戦に出撃した。中国大陸に駐屯する日本軍を南方に回す前に、敵を叩いておく作戦である。夜行軍で夜明け前に山麓に着き、戦闘を開始する払暁戦だ。敵トーチカが山の上に蜂の巣のように並び、銃眼から銃が火を噴いていた。

トーチカはレンガ製の半永久的な造りのものもあるが、コンクリートで簡単に拵《こしら》えたのも多い。大きな土まんじゅうの上にコンクリートをかぶせ、コンクリートが固まったところで中の土を掻き出して作る。銃眼を開けておき、兵士が中に入って銃眼から射撃する。敵が機関銃で撃ってきても、コンクリートが弾を跳ね返す仕組みだ。しかしコンクリート製は、山砲が当たると一発で吹っ飛んでしまうのだ。レンガ製のトーチカは砲弾を受けても持ちこたえるが、中の敵兵は大慌てで飛び出してくるのが常で、それを狙撃していた。

我が部隊は、機関銃の十字砲火や砲で、居並ぶ敵のトーチカを虱潰《しらみつぶ》しにする。敵トーチカから噴き出る火が、一つ一つ消えていった。

太行作戦ははじめ、渓流の素晴らしい景色を横目に見ながらの進撃だったが、道は次第に険しくなる。山梨県の昇仙峡を一段と高くしたような切り立った山が連なる。まさに北画のイメージ。側衛が険しい山に登れるのかと思ったが、ちゃんと登って行ったようだ。

山中深く入り、野砲部隊は岩山の中、馬による分解搬送に移った。しかし日本馬は蹄《ひづめ》が大きく、岩道に向かない。砲を積んだ馬が断崖をすべって谷深く落ちて行き、兵が半ベソかいた顔を思い出す。馬も兵器であり、失うと大変だった。

引き続き進撃したが、そのうち水が無くなった。岩の割れ目にあった水溜まりの水を利用する。先ず砒素《ひそ》等の毒物の混入が無いかを確かめるべく、生物即ちボーフラ等が居ないかを見る。居れば毒物無しと判断。縁を叩いてボーフラが沈んだのを見てから水を汲み、煮炊き飲料に使った。

やがて山上の盆地に入り、一時駐留する事になった。ところが今度は、食料が無くなった。山上に集落はあるが、住民は逃げて無人。空腹の夜に見る夢は丼飯に味噌汁だ。他の者も皆似た夢で笑った。背嚢《はいのう》の中にたまっていた柔らかいゴミクソ（飯ツブ又は乾パンのカケラが綿ゴミと一緒になった物）まで食べた。意地汚く聞こえるかもしれないが、背に腹は代えられぬ。

やむなく野草を炊いて食べた中、アザミ、タンポポの類の葉茎は美味しく、葉のトゲが舌にささるかと思いきや、そんな事もなく、美味しく食べられる。いまだに道端にそれらの草を見ると敬意を表する。細身の葉（芒《すすき》）類は、幾ら煮ても軟らかくならない。ヘチマは瓜科だから食べられそうに見えるが、小さいものでも筋張っていてとても食用には適さない。背と腹がつきそうな日が十日近く続いた。

敵軍と入り乱れたせいか、今少しで誤爆を受けるところだった。味方の飛行機が飛んできたら、矢印や星印などの描かれた布製の通信用図面を地べたに広げる手筈になっている。友軍機はそれを見て味方だと判断するが、太行作戦では布を広げるのが少し遅れた。後で聞いたところでは、友軍機は敵味方の区別に迷った挙げ句、わざと少し外して爆弾を落としたらしい。すると慌てて図面が出てきたので、帰隊して食糧を搭載し、落としに戻ってきたようだ。あるいは通信兵がモールス信号でうまく連絡を取ったのかもしれない。ほどなく、飛行機より食糧の投下を見る。やれやれである。

その夜、暗夜に綺麗なホーキ星を見た。ホーキ星を見ると激しい戦闘になるとの言い伝えがある。案の定、翌日激戦となる。馬が落ちる程の険しい山で、岩角につかまりながらヤモリのように這って進撃。戦闘部隊が敵と交戦中、疲労困憊のため、我等救護隊は岩陰で少し仮眠した。包囲作戦により、谷間を逃げていた敵師団長、孫田栄《そんでんえい》を捕虜にしたと聞いたのも印象的だ。

次いで夏の太行作戦が終わり、部隊は新郷に落ち着く。私は車両中隊附に転属となった。部隊はいよいよ南方戦線に行くべく、上海に移動を開始。隊員の間に「ラバウル小唄」が流行したのも面白かった。

上海にて

部隊は上海で第十七師団に編成替えになった。第十七師団はニューギニアのラバウルに移動後、ブーゲンビル島を根拠地に展開する。私が所属する車両中隊は、歩兵部隊のうち、馬で車両を引っ張る役目を担う。最前線に負傷者が出ると、衛生兵が仮包帯の治療をし、担架中隊が担架で運ぶ。さらに本部で応急処置をしっかり施した後、車両中隊が後方の兵站病院や野戦病院に搬送する。

傷者は運搬車両に二人、上下二段に担架ごと乗せられるが、幌馬車でガタガタ揺られるたびに、生きた心地はしなかっただろう。傷者は後送され、最終的に陸軍病院に運ばれる。ただ、私が所属した間、車両中隊がこの役目を果たした事はない。留守部隊となってからは分哨を受け持ったりしていたのである。

部隊は上海の呉淞《ウースン》に着いた後、楊樹浦《ヤンジュツッポ》宿舎に入った。レンガ造りの三階建て大倉庫だ。落ち着いてから、中隊は時々訓練行軍で、上海中心部のブロードウエイやガーデンブリッジ附近を回った。夜間行軍の景色も、文字通りエキゾチックであった。

また、行軍途中、元フランス租界のデスーフリードパークで解散となり、一時散策したのもイキな計らいだったように思う。日曜日の外出には、四川路《しせんろ》、南京路《なんきんろ》等を歩く。上海は各部隊が集結するため、街中《まちなか》にレストラン形式の酒保（軍食堂）がある。甘味の他にステンレス製のジョッキでビールを飲んだ。一寸《ちょっと》入れ物に抵抗を感じたが、久し振りに美味しかった。一杯二十銭から三十銭位だったか。支払いは「儲備券《ちょびけん》」を使う。軍票だが、一般でも通用した。医学書の『内科診療の実際』を購入した本屋は、この酒保の近くにあった。

そのうち、私と、車両中隊歩兵で慶応大学出の吉崎上等兵が、虫歯に悩み出した。生憎《あいにく》、部隊にも上海陸軍病院にも歯科医がいないため、在留邦人経営の医院に行く事になる。二人公用組外出となり、わざわざ中心街まで出て、上海国際劇場前の横道にある白浜医院という歯医者に通った。奥さんが助手で、元ダンサーとの事。スラリとした美人で、特にスタイルの良さが印象的だった。

帰りは必ず紫烟荘というレコード喫茶店に入り、コーヒー一杯だけを注文。係の姑娘《クーニャン》にレコード番号を言うと掛けてくれる。吉崎上等兵も私もクラシック好きだ。よくベートーベンの交響曲一番と五番、ハンガリー狂詩曲等をリクエストしては、聞き終わるまで粘った。

この店の前に、晒布《さらし》の反物を売る店を見つけた。日本に晒布が無いと風聞、二反買い求め、これが最期と頭の毛を少々切ってそれに挿入、親元に送るよう託した（後日聞くと、着かなかったという）。お陰で、貯金は空っぽになった。

二人公用組外出とは、テロ対策のため、二人以上で外出する規則の事だ。上海は日本軍が押さえていたが、街の周囲から敵が入り込み、テロを仕掛けてくる。中国では、男も濃青色のワンピースを着る。便衣《べんい》と呼ばれ、ポケットの中で拳銃を操作できる。テロリストがポケットの中から拳銃を発射し、すぐ人混みに紛れると、誰が犯人なのか分からなくなる。将校がよく撃たれたが、兵隊もたまに狙われた。

中華民国二十七年、同二十八年の紙幣に、大量の偽札が出回った。その為、街中で使おうとしても、「不要」と断られると聞いた。一方、中国は銀本位制で、銀貨が広く流通していた。偽物を作りようがないため、喜んで受け取って貰えたのだろう。下士官の中には、銀貨を潰して箸を作り、転戦の際に持ち歩く者がいた。銀貨のままだと、使ってしまったり、盗られたりするからだろう。野上曹長がその一人だった。

やがて、南方戦線への出発も近くなる。部隊は上海紡績会社の大倉庫に、中隊別に宿泊した。他部隊も南方戦線に出発すべく、続々と他家屋に入所した。その中で、内地より来た一隊に、帯剣も着けず三十センチ程の丸い竹筒を腰に下げているのに怪訝。山刀でもぶら下げてきたのかと思いきや、聞くと水筒だという。現地で装具を整えるべく、軽装で来たとの事。驚いた。「大丈夫かなあ」と思ったが、この一隊も南方に行ったらしい。

杭州の記憶

行軍の途中、上海近郊の杭州に立ち寄った事がある。杭州は蘇州、揚州と並び、三州美人の産地と言われる。女優のようにツンと澄まし、チャイナドレスに髪飾りの美人を二、三人見かけた。杭州は富裕層が多く、町で纏足《てんそく》の女性を見かけた。纏足とは、幼児期の女性の足首から爪先までを硬く包帯で巻き、大きくならないようにする旧習である。逃亡予防と腰部の発達を意図するものだが、現在は勿論ない。女性は一人では歩けず、両側から体を支えられて歩いていた。

杭州の近くには、紹興酒で有名な紹興の町がある。このため、杭州では紹興酒は言うまでもなく、さまざまな種類の酒を見かけた。酒をこぼした上に猪口《ちょこ》を置くと、猪口がツーッと泳ぐ。イギリスのスコッチウイスキーのように年代物があり、四十年前に醸造した酒を飲んだが、日本酒以上の味に感じた。

杭州は西湖が有名で、水面は鏡のように澄み渡り、夜、月光を受けて銀色に輝く様《さま》は幻想的だった。

西湖には突堤《とってい》が出ている。突堤に丸石が置いてあって、小隊長が「オイ、あの石を触ってこい」と命令する。駆足で触って来ると、小隊長が「お前達の所に元気な子供が出来るぞ」と言う。皆爆笑した。丸石は子供の授かり石だった。

衛生兵の敵地逃亡

上海にひとまず落ち着いた時、同年兵の藤田、志賀両兵が敵地域に逃亡した。直ぐ追跡したが無駄だった。志賀上等兵は女顔ではないが、女性的な雰囲気を持っていた。風呂に入れば、膝を揃えて横座りする。初年兵当時、女みたいだと古兵にさんざん殴られ、各班回り（各班を回って殴られる罰）もやらされたが、直らなかった。性格であろう。聞けば、入隊前、三業地《さんぎょうち》の芸者置屋にいたとの事。親戚宅に一時暮らし、歌踊りを少々習ったそうだ。部隊記念日で女装（現地在住日本人より着物借用）、「松の緑」を踊った。当初、川野上等兵と特別な交友だったそうだが、次いで藤田上等兵と近しくなり、男所帯にたまにある行動がエスカレートしたと感じた。そういう気持ちは正直よく分からない。

藤田上等兵は男性的なタイプで、私は剣道の立ち合いを覚橋《けんきょう》でした事がある。私が北辰一刀流で正眼に構えると、中条流二段を称する藤田は上段に振りかぶってきた。北辰一刀流は、始めから上段に構えるのは相手との力量差がある場合としており、藤田になめられたと腹が立ったが、剣道は確かにうまかった。

藤田は一方で詩人的な一面も持ち、ジャン・ニコラ・アルチュール・ランボーの「糞泥の中にこそ清き詩がある」という言葉を信奉していた。又、作家の横光利一《よこみつりいち》と交信があるようにも聞いた。それに彼はクラシック音楽が好みで、時々イタリア民謡を口ずさんでいたが、よく通るバリトンの声でうまかった。

酒を飲むと決まって泥酔するのが、藤田の欠点だった。外で飲んで、人力車《ヤンチョ》に乗って帰ってきたが、酔い潰れて敬礼せずに営門を通過した。営門の衛兵は上官と同じ。将校といえども敬礼する所だ。藤田は翌日、古株の兵隊より、顔が曲がる程激しく殴られていた。

藤田は、歩兵から異動した補充衛生兵四人の一人。補充組は、軍上層部が部隊の南方行きを睨んで衛生兵増員を図ったものだが、陸軍病院で急場凌ぎの教育を受けただけで任務に就いたため、使い物にならなかった。治療室では薬液に浸したガーゼをピンセットでつまんで受け渡しするが、こちらが「コミガーゼを取ってくれ」と指示しても、「コミガーゼって何だ」とウロウロする始末。彼等は後述する福州への敵前上陸作戦からも外された。

後に担架中隊の兵二名が語ったところでは、藤田、志賀両兵に開封の市街で会ったという。藤田は将校、志賀は下士官の格好をしていて、担架中隊の者は二言三言、話をしたらしい。確かな事は分からない。

三種混合ワクチンで騒動

いつ南方戦線に出発命令が出るか分からないので、車両中隊全員に三種混合ワクチンを注射する。発熱の恐れから、別棟社宅にある社員風呂に行くのを禁止した。しかし別棟社宅には風呂の他にビリヤード、卓球、喉自慢等の娯楽施設があり、皆楽しみにしている。中隊下士官まで飛んで来て、入浴に行かせてくれと懇願してきた。明日にも出動命令の出る身、ままよと許可した。

直ぐに野上曹長が飛んで来て、誰が許可したの質問に、「ハイ石津であります」と答えた途端、平手が二つ三つ頬に飛んで来た。次いで靴底に鋲《びょう》の打ってある上靴で殴られ蹴られた。直立している所を力一杯殴られたので飛ばされた。鋲の痕がはっきり残った。まるでタコ部屋だ。初年兵の一期教育でも受けない目に遭う。後日曹長の性病手術を私がしようとは、思ってもみなかったのである。それでも中隊全員に、注射熱が出なかったのが見つけものだった。

出動命令と共に、先発隊は第一船団に乗り込み、ブーゲンビル島に向かって出発した。続いて第二船団に乗船すべく仕度したが、野砲部隊で一杯になり乗れず。しかしこの第二船団は出発後まもなく、台湾沖で攻撃を受け、全部撃沈したと聞く。運は何処にあるか分からないと感じた。後続の船団無く、留守部隊となる。

筧橋に駐留

新たに船団が構成されるとの話があり、南方への移動命令待ちに、筧橋に一時移った。しかしやはり船の見通しは立たない。筧橋には一ヵ月程駐留したが、少しのんびりした駐留だった。住民は、木立の薄暗い、木の根方に住居を構え、鶏がコッコッと鳴いている所を行き交っていた。南画のような景色だった。

近くの山に入ると、ノロ（シカ科・アジアやヨーロッパの森林地帯に生息）という犬のような格好の動物がいて、兵舎からノロ狩りに出撃した。ノロは、ノロ汁、すき焼きなどにして食べた。又、沼地には鴨がいたが、戦友と「ネギ背負ってないから鴨じゃねえや」などと軽口を叩いたのも、戦地の束の間の思い出だ。炊事場から小麦粉を貰い、医務室の重曹を使ってホットケーキを焼いたりもした。砂糖を煮詰めてカラメルにしてかけた。

筧橋では、行軍中に肺浸潤で倒れた兵がいた。滝本一等兵である。彼の装具と銃を背負い、「こんな所でぶっ倒れるんじゃないぞ」と気合いを掛けて歩かせた。時には銃把《じゅうは》（銃を持つときに握る木部）で尻を叩く。こちらも重くて大変だが、病身で歩かされる本人も大変だったろう。何とか宿舎に戻り、医務室に連れて行った後、安静にさせた。前線で治療できる病気ではなく、陸軍病院に後送。陸軍病院に兵を送っていくと、大抵はそこで礼を言われてそれっきりだが、滝本一等兵は几帳面で、帰国後も礼状を送ってきた。

移動命令が出ないため、筧橋から安徽省宿県《しゅくけん》に移動。槍部隊（歩兵部隊。「槍」は部隊の頭名で、「楓部隊」「暁部隊」と同じ。槍を持って戦うわけではない）が作戦行動中との事で、同部隊の警備地域を引き受け、本隊より分哨に向かう。

三章　長直溝

長直溝の分哨へ

歩調を取れの号音《ごうおん》（かけ声）と共に昭和十九年四月中旬、松村少尉以下車両中隊五十名、長直溝の分哨に向け、安徽省宿県の部隊本部を出発した。思えば北支那三十五師団より上海に出て十七師団に編入、一部ブーゲンビル島に出発して以来、船舶無く残留部隊となって現地に来た。対峙する敵は八路《はちろ》軍と聞く。半ばゲリラ的様相を持っているだけに緊張した。分哨は、敵の攻撃を受け止めると同時に、本隊に通報する出先だ。本隊は分哨からの連絡を受けて対応する。分哨はまさに、敵との最前線にある。

行軍の途中、虞美墓《ぐびぼ》（虞美人の墓）に着き、小休止した。堀を廻らした小さな城壁があった。左側には小高い丘の上に小さな廟《びょう》。中国中部に来てこの種の廟を時々見かける。中に入ると何もなく、がらんとしている。フイフイ教（回教）の廟である（神仏は姿が見えない。その神仏が廟宇《びょうう》に集まっていると設定。その廟宇の真ん中に座して祈りを捧げるユニークな宗教だ。信者は体の有毛部を、性的感覚を覚えると称して剃ると聞く)。

麓は木立が並び、我々の一服している側に二メートル程の石碑が立っている。石面は拓本をするため、墨で真っ黒になっている。文字は言うまでもなく白文(返り点や句読点などがついていない漢文)である。虞美人を偲んだ詩であろう、「水の流れと丘に沈む夕日は変わらねど云々」と書かれ、始皇帝の四面楚歌の歌われた往時を偲び、思い合わせた。

周りの畠は、麦と一緒に罌粟《けし》の花(虞美人草)が一面咲いているのも面白い。朝、花の外側に傷を付けてヘラで汁を取る方法で阿片を採集するのは、公然の秘密であった。日本軍が薬用のモルヒネを精製するため、栽培していたのだろうといいように解釈した。

余談になるが、日本軍に阿片中毒患者が出た話は、聞いた事がない。我々には阿片と言えば、麻薬より薬剤のイメージが強い。衛生兵として、傷者の手術の助手を何度も務めた。手術時にモルヒネが不可欠である。又、新郷の衛生隊にいた時、食べ過ぎや飲み過ぎで胃痙攣を起こした兵にモルヒネを注射すると、すぐに症状が治まった。どんな感じだろうと興味が湧き、新郷の衛生隊の休養室でモルヒネを試し打ちした事がある。他の衛生兵と二人で、一ccのアンプル（薬液などを密封するガラスの容器）を半分に分けて打ってみた。後にも先にもこの一回きりだが、無謀にも、皮下注射ではなく静脈注射した。心臓病を患っていたら、即刻あの世行きだったかもしれない。打ってみると、酒の酔いとは全く違い、身体が浮いているように感じた。休養室から班まで約百五十メートル帰るのに、雲の上を歩いている気分であった。

出発の号音で、隊列は長直溝に向かった。まもなく雨が降り出した。二日間雨の中を歩いた後、竹矢来《たけやらい》（竹を打ち合せに斜組みした塀）をめぐらした中に、水濠《すいごう》で囲った城壁に着いた。城内との往来は、映画の『蜘蛛の巣城』の砦に似て、橋のへりが城に向かって持ち上げられ、外部と遮断できるようにつくられている。

内部はコの字型に兵舎が出来ていて、左側は将校室、右側に下士官室と医務室。炊事場は、水濠の縁を石段で下に降り、水辺より一メートル程上の横穴にあった。約四メートル四方程の部屋に竈《かまど》が二個設置されていた。

調理場を上って右突き当たりが兵舎で、大きく二部屋に分かれており、向かって右側に日本兵、左に保安隊である。保安隊は、集落がゲリラから自衛するため、自弁で雇っている中国兵だ。

余暇、水辺に出て、慰問袋に入っていた釣り糸を垂らした。小魚が入れ食いで釣れたが、ジストマ菌がいるから食べる事は出来なかった。

煙草と五右衛門風呂

長直溝に着いた時、雨に濡れた衣服を乾かすのと一緒に、一番の嗜好品である煙草が湿って褐色の棒になっているのを干した。煙草を巻いた紙がしぼみ、シワシワになっている。乾いたのを吸ったが、口が曲がる程辛い。一寸吸っただけで喉がピリピリする。現在、煙草を止めているが、あの味は忘れられない。しかも吸わないと居られないのだから妙だ。新しい煙草が来るのが待ち遠しかった。

煙草は当時、よく吸った。二十本入りを一日四箱から五箱のペース。しかも両切りで、フィルター無しだ。ニコチンで指が黄色くなった。煙草の配給は週二回程度と記憶している。

当時の中国は煙草が自由販売で、専売ではなかった。長直溝みたいな田舎はともかく、町に出れば、容易に煙草を買える。上海駐屯中は、イギリスのウエストミンスター系の「オンドーフ」、「マーシャル」、「スリーキャッスル」、「スリーナイン」などの銘柄も随分宣伝され、吸ってみると美味かった。

中には、一年吸ったら麻薬中毒患者になる煙草もあった。中国で生産された「新中国」で、ピンク色の箱に入っていた。試してみると、確かに美味いが、モルヒネが入っている。誰もが「美味いからといって癖になるなよ」と警告した。

中国で売られていた煙草は、箱のデザインも垢抜けしている。中でも「ブルースカイ」という銘柄は、青空に白く飛行機雲が掛かっていて洒落ていた。給料を相当煙草に使った。

煙草と切っても切れないのが、衛生兵の事務作業である。兵隊は戦争で病気になると恩給が貰えるが、内地で掛かった病気を軍隊に引きずってきた場合は、全く恩給が付かない（戦傷はもちろん、戦場で病気になった者は一等傷で恩給が付く。その他は二等傷で恩給が付かない）。内地で掛かった病気を隠して入隊した者は、戦争で病気に掛かった事にしてくれと頼み込んでくる。それにはうまく作文して事実証明書を書かなければならない。元来は、部下の管理の問題だから、中隊長の仕事だ。しかし、病名や症状を書かなければならないという一点から、衛生兵にお鉢が回ってきた。そのうち、兵は中隊長を経由せず、衛生兵に直接頼みに来るようになった。

「何某上等兵は何某作戦の時、雨の中、水が蕩々と流れる川を泳いで渡り云々」と、この兵が如何《いか》に凄い働きをしたか作文しながら、煙草を吸い続ける。灰皿にした空き缶に吸い殻がたまる。横着して、ゴミ箱に捨てに行かずにいると、吸い殻はたちまち堆《うずたか》く積み上がる。それでも差し込める所を探しては、吸い殻を突き刺し、事実証明書（発病者のみ書く）を作文した。

事実証明書は内地の賞勲局（現在の恩給局）に送られる。たまに、途中の審査で撥ねられた事実証明書が前線に送り返され、書き直しが必要になる事もあった。こうなると大変。最初に証明書を書いてから一、二年経っている。古い兵に昔の作戦の様子を聞いたり、功績係の記録をひっくり返して、どうにか調べて書き直す。私が書き直しに奮闘したのは、新郷と覓橋が主だが、上海でも一、二件あったように思う。尚、戦闘で負傷した兵には現認証明書を書くが、これはありのまま書けばよいので簡単である。何某上等兵は何某作戦のどういう場所で、敵とどの様な対峙の仕方をして、どの場所に敵弾が当たったたかを説明すれば良かった。

風呂は、土を掘って竈を作り、大きな甕《かめ》を上に乗せて水を入れ、板を浮かべて入る五右衛門《ごえもん》風呂である。やれやれと入った途端にヒビが入り、「ガバッ」と割れた。裸のつるしんぼだ。慌てて二つ目を探して漸《よう》く落ち着いた。星空に甕風呂も乙なものだった。

洗面器を見つけた。花柄のホーロー引きで綺麗だ。使おうとしたら、古参の兵隊に叱られた。女性が小用足しに使うそうだ。まさに、所変われば品変わる、である。

分哨の隊員は、我々車両中隊、先着槍部隊の兵が十名（重機関銃）、保安隊（中国人）が約二十名（兵舎の隣室に起居）。夜はする事も無く、一部円座を組んで花札をする中に一人（槍部隊の兵）、入隊前はヤクザ稼業をしていて、新しい札でも三回やると、次の札が何であるかが判る者がいた。もちろん掛け金は総取りである。終わるとポンと札束を出して、皆で分けてくれといって引き上げる。キザと言おうか。

医療宣撫――「先生」

着いてから十日目、小隊長の松村少尉より「石津、医療宣撫《せんぶ》をやるように」と言われた。医療宣撫とは、住民を懐柔するため、医療活動を通じて占領軍の方針を住民に知らせる事だ。もとより薬剤は日報月報により制約されている。外用薬はマーキュロとヨードチンキで、サイダー瓶に少量取り、湯冷ましの水を入れて、日に透かすと向こうが見える程に薄めた。内服薬は、在庫に乏しい胃散を少量割合して何とか間に合わせる事にした。例え歯磨き粉でも、患者にしっかり言い聞かせて信用させれば、病気に効くとされる。胃散を割合したのもその伝。与えたのは二、三人だったが、歯磨き粉よりましだろうと思った。

翌日、城壁前の集落に声を掛けた途端、中庭に列が出来た。主に吹き出物が多く、並んでいる中にボリボリ搔きだす。虱《しらみ》など落とされてはかなわない。「不行《プシン》」(いけないの意)と言うと、その時だけ止める。住民の生活水準が低く、衛生観念も乏しい。彼等は生まれた後、数度しか入浴したことがないと聞く。体臭もきつい。土埃で真っ黒の所へ、傷口に墨を塗り、黒くかさぶたになっている。ピンセットでかさぶたを取り、リゾールを薄めた液で払拭して、マーキュロ又はヨードチンキを塗って帰した。

さらにその翌日、大分の者が綺麗に治って来たのには驚いた。驚異的な治癒力であ

郵便はがき

恐縮ですが
切手を貼っ
てお出しく
ださい

160-0022

東京都新宿区
新宿1−10−1

（株）文芸社

ご愛読者カード係行

書名			
お買上書店名	都道府県　市区郡　書店		
ふりがな お名前		大正 昭和 平成　年生　歳	
ふりがな ご住所	□□□-□□□□	性別 男・女	
お電話番号	（書籍ご注文の際に必要です）	ご職業	

お買い求めの動機

1. 書店店頭で見て　2. 小社の目録を見て　3. 人にすすめられて

4. 新聞広告、雑誌記事、書評を見て（新聞、雑誌名　）

上の質問に1.と答えられた方の直接的な動機

1.タイトル　2.著者　3.目次　4.カバーデザイン　5.帯　6.その他（

ご購読新聞　新聞	ご購読雑誌

文芸社の本をお買い求めいただき誠にありがとうございます。
この愛読者カードは今後の小社出版の企画およびイベント等の資料として役立たせていただきます。

本書についてのご意見、ご感想をお聞かせください。
①　内容について

②　カバー、タイトルについて

今後、とりあげてほしいテーマを掲げてください。

最近読んでおもしろかった本と、その理由をお聞かせください。

ご自分の研究成果やお考えを出版してみたいというお気持ちはありますか。
ある　　ない　　内容・テーマ（　　　　　　　　　　）

「ある」場合、小社から出版のご案内を希望されますか。
する　　しない

ご協力ありがとうございました。

〈ブックサービスのご案内〉
小社書籍の直接販売を料金着払いの宅急便サービスにて承っております。ご購入希望がございましたら下の欄に書名と冊数をお書きの上ご返送ください。　（送料１回210円）

ご注文書名	冊数	ご注文書名	冊数
	冊		冊
	冊		冊

る。普段薬を付けないだけに、顕著な効果があったようだ。これを聞いて患者が増え、医療宣撫は連日盛況だった。そしてお礼のつもりか、野菜とか肉を五キロ位縄でくくって持ってくる者、鶏卵を籠に山盛りにして持ってくる者、たちまち医務室は糧秣係になってしまった。

　そのうち、集落民と親しくなり、城外に出ると「先生来罹《シーサンライラ》」と言って手を引く。行くとショーピンといって、土甕の底に火を入れ、内縁にお好み焼き風に小麦粉を練って焼き上げた物（彼等の主食である）と、野菜と肉を炒めた料理を出して歓待してくれた。

　時には、敵が自動車道路に地雷を埋めた旨の注進に、部隊まで来てくれた。直ちに埋設地点を中心に、左右十メートル程の縄の輪を作り、片方を石のローラーに、片方を牛にくくり付けて、牛を勢いよく走らせた。ローラーが通り過ぎると同時に地雷が破裂した。これが二回程あり、次いで集落に潜んでいた敵スパイ三人を捕らえた。

　城壁の上から見る景色は一面の麦畑で、文字通り太陽が地平線から出て地平線に沈む。城下では、麦打ちをしている。大きなフォーク状の木製農具で麦穂を空高く舞い上げ、実を落としている様は、ミレーの「晩鐘」か「落穂拾い」の絵を連想させる。

竹矢来の囲いの中に、戦利品とも言える中国馬（日本馬より一回り小さい）が八頭ばかり繋がれている。乗り方を教わり、その中の一頭に乗った。私は車両中隊に配属されながら、馬に乗った事がなかった。二階に上って操作するような心持ちである。裸馬に跨り、胴を蹴ったが、反動を取らないから動かない。強く蹴って膝をしっかり締めておれば落ちないと教わり、走らせた。城壁に沿い、夢中で走った。狙撃されないかと体を馬の首に密着させた。放馬して馬が敵方へ走ったらとも懸念したが、よくしたもので牝馬がいるせいか、せっせと囲いの中に入っていった。ビクビクしながらも三回乗った。

慰安婦巡回

本隊より、慰安婦が巡回に来るとの連絡が入った。二日後、二名の女性がトラックに乗って着いた。その晩の夕食は会食（小宴会）になった。久し振りに見る日本女性に、心なしか浮き浮きしている者もいた。出身地を聞くと、九州という。九州の人は出稼ぎが多いと聞くが、まさかこれまでしてもと思った。彼女等を連れてきたのは日本人（民間人）で、彼女等を雇っていると聞く。

余談になるが、現地にいる日本人は大なり小なり、金の亡者と思われている。見方によっては、ハイエナ的存在だ。しかし慰安行為は所詮、男女の宿命とも自然の営みとも言えるのではないかと思った。もし男同士、女同士の世界に分離したなら、ただ殺伐とした感情に発展し、想像に余りある結果を醸し出すであろう。こうした機会を作ってさえ、現に逸脱した行為を見た。又、若干兵に性病患者が出た事も、否めない事実である。

その夜は文字通り、入れ替わり立ち替わりである。給料を全部使った者もいた。兵は事が終わると、私の所へ来て、小さなチューブに入っている星秘膏《せいひこう》をペニスに注入するのである。彼女はと見れば、洗面器に汲んだ水に過マンガン酸カリウムを溶かし、ヴァギナにスポイトで注入洗浄している。四人五人と注入するうち、馬鹿らしくなってきた。彼女等は恐らく来る時に検売（性病の有無の検査）をしてきたであろう、性病は大丈夫と勝手に決め、事が済んだら自分で星秘膏を注入するようにと言って寝た。

思えば北中国の新郷にいた時、軍医が金曜日に、日本人経営の慰安所に出向いて検売、土曜日に回報を回して、回報で各部隊に結果を知らせた事があった。例えば、何々楼の某子は月経中とか、びらん（ただれ）とか告げる。当時の診断状態の中、扁平コンジローム（陰部会陰部肛門に掛け、鯉の塩辛を付けた様）が出来ていた者、培養による性病の発見等があった。予防治療に当たる。

中には、脱脂綿に膿を浸け、臭いを嗅いだだけで何の性病か分かる軍医もいた。検売の助手に何度か駆り出され、性病の患部を目の当たりにしていただけに、私は遊ぶ気にならなかった。慰安所には日本人の他に、朝鮮人、中国人も働いていた。このほか個人で営業する中国人売春婦もいて、ヤチピーと言われていたが、こちらは検売の対象外だった。

性病に関しては、青島《チンタオ》が防波堤。発病者や感染の危険がある者は青島に集められ、治るまで内地に戻れない。この点は防疫がしっかりしていた。特に梅毒は子孫に影響を及ぼすため恐れられ、感染者は五種類程の検査が陰性にならないと内地に帰れなかった。

梅毒には、次のような話がある。嘗《かつ》て中国大陸で回教徒が勢力を得た時、女の子は大人になると、回教僧に処女を差し出さなければならない決まりがあったそうだ。住民は反発したが、回教徒の勢力が強く、力では対抗できない。このため、処女のヴァギナに梅毒の病原体を付けて差し出す策を取ったという。これが巡り巡って、梅毒が氾濫した事があったらしい。

梅毒にかかると、硬性下疳《こうせいげかん》といって、男性器の脇にポツンと小さな出来物が出来る。硬性下疳は放っておいても治まる。次に薔薇疹《ばらしん》というピンク色の大きな縞が皮膚全体に出来る。薔薇疹も自然に治まる。その後は、身体の方々に病気が出てくる。それぞれ、梅毒の第一期、第二期、第三期だ。

しかし、妊娠を通じて、病気が子孫に受け継がれると、症状が薄くなり、傍から見て梅毒を持っているかどうかが分からなくなる。何世代にもわたって梅毒を受け継いできた者は、身体に症状が出ず、非感染者と変わらなく見えるのだ。異民族の非感染者がやって来て、このような者と性交すると、感染して突然身体に症状が現れる。重症だ。

こうした身体症状が出ていない梅毒保菌者の見分け方は、白輪瞳孔しかない。黒い瞳の周りに白く細い輪が出来ていれば、梅毒保菌者である可能性が高いのだ。性病は人間の本能と結びついているだけに、本当に恐ろしい。

忌日五月二十八日

　松村小隊長の命令で、森脇軍曹以下十三名、長直溝の本隊から宣撫行軍に出発した。二、三の集落を通過し、キカンコージャの集落の端で一服した。住民は居ない。不気味に静まりかえる集落の外れを見て驚いた。軍服をきちっと着た敵正規軍が、遠く林の間から発進して来るではないか。我が部隊の三方を包囲すべく、半円を描くように展開し、射撃して来る。

　森脇分隊長を見ると居ない。森脇分隊長には盗癖や女癖等、悪い噂があった。斎藤上等兵が慌てて、「石津、森脇班長は集落内かもしれない。見てきてくれ」と言う。集落に走り、森脇班長殿と呼んだが返事がない。前方に敵が迫ってくる。やむなく引き返したが、我が隊の隊員は先ほどの場所から消えていた。右に銃声が聞こえる。味方はこちらに移って敵を攻撃しているのかと一瞬迷った。しかし虫の知らせか、右には行かず、真っ直ぐ後に下がった。右は集落を迂回した敵集団だったのだ。我が分隊に攻撃する銃声だった。

先ず集落を出る事だ。左右両面が内側に傾斜し、L字形に曲がるクリーク（小川）の右土手を二十メートル程進むと、老人が一人震えながらうずくまっている。「我的似按遠辺走嗎《オーディアンナーペンチーマ》」（俺と同じ人が先に行ったか）と聞いた。「我的不頓《オーデプトン》」（俺は知らない）と答える。老人に頷いた時、ビシッと二発、弾が頬をかすめた。離れて飛んでくる弾はビュンと音がするが、狙撃された時の至近弾はビシッと音がした。ヤラレタと感じた。

敵はいつの間にか、集落右側からクリークまで進出、狙い撃ちと同時に立ち上がり、総攻撃に出てきた。私との距離は約十メートル。敵は軽機関銃を腰だめにして乱射する。クリークが水しぶきで沸き立つ。敵兵は二手に分かれ、一部はクリークを渡り、主力は土手上の平らな所を走って攻めてきた。私はクリークの傍、土手の斜面に立っているため、走れない。

次の瞬間、味方の分隊が前方から総攻撃に転じた。皆一塊になって立ち上がる。私も帯剣を抜いて合流、敵は俄《にわか》に退却しだした。先に出した伝令の連絡が間に合い、側面から分哨の小隊が展開、重機関銃で掃射した。危機一髪だった。敵が敗走する中、松村少尉（小隊長）は敵兵を五、六人切ったと聞く。私もクリークを越えてきた一人を刺した。

分哨に帰って聞くと、森脇軍曹は後方に逃げていたという。分隊は斎藤上等兵の指揮がなければどうにもならなかったであろう。犠牲者が一人も出なかったのが不思議だ。私も運良く、一発も弾を受けなかった。

ただ、宿県の部隊本部には、私の戦死通報が行ったそうだ。これで丸腰が心細くなり、次回の行動から、休んでいる兵の銃を借りていった（衛生兵は包帯嚢《ほうたいのう》を付け、小銃は渡らず）。

翌日直ちに、敵集落と思しきところに出撃したが、敵兵は遁走していた。集落民が靴底から、隠し持っていた黒褐色の塊（阿片）を出し、命乞いをするも哀れ、阿片のみを没収した。阿片は靴の中敷きにしていたため、足裏の形をしていた。

嫁取りお断り

それから二、三日漸く落ち着いた。或る午後、保安隊の伍長（中国人）が通訳を連れて私の所へ来た。お願いしたい事があると言う。左側の望楼《ぼうろう》に上った。分哨は敵の目の前に位置する。狙撃されやしないかとヒヤヒヤしながら話を聞いた。

曰《いわ》く「嫁さんを貰ってくれないか」との事だ。吃驚《びっくり》した。伍長は若く、二十五歳位か。娘がいてもまだ小さい筈《はず》だ。妹かと思ったら、「自分には妻が二人いる、一人貰ってくれないか」である。二度吃驚した。何を考えているのかこの男は。兎《と》も角《かく》、「日本軍は隊長《トイジャン》も班長《パンジャン》も、嫁さん連れて戦争に来ていない。連れては行けないのだ」と説明した。しかし相手も「先生《シーサン》は別だ」と言って引き下がらない。押し問答となり、弱った。

彼等の嫁さんは財産である筈だ。即ち、若いうち稼ぐのは、嫁さんを貰う（買う）為と聞く。因《ちな》みに金幾ら、牛何頭、豚何匹と引き替えの結納の原点かなとも思う。二人以上持つと、嫁さんに稼がせて遊びながら食えるらしい。古語に「百万銭を捨てて女を嫁すると雖《いえど》も敢えて子に教えず」と言う。どうしたものか、何とも買い被られたものだ。或いは日本で俗に言うマラ兄弟の語源を思わせるその失礼さ、軍隊という特殊な集団の意味を知らざる無礼さに腹が立ったが、相手が真面目なだけに怒るに怒れず、兎も角「不要」と断った。

濠と竹矢来の間に、百メートル四方程の空地がある。ある日、隊員の相撲大会が開かれた。歩兵は強いと思っていたが、それ程でもない。ただ、ひげ面の野上曹長（衛生部では、私と二人だけ分哨に参加、隣接の分哨と馬に乗っての連絡係と聞くが、実態は何をやっていたのか不明）は、「北海道の熊」と綽名されるだけあって強かった。土俵の中央で押しても引いても動かない。根っこが生えたようで、簡単に押し切られた。やがて分哨の交代兵、槍部隊が作戦行動から戻り、我等小隊は宿県に引き上げた。

行軍は火事場泥棒を従えて

北中国の作戦行動では、住民（中国人）がよく勝手に部隊の最後尾に付いてきた。別に触れ回るわけではないが、日本軍の出撃が雰囲気で分かるらしい。住民が駐屯地の前に三三五五集まってくる。彼等に「荷物を持て」と命じると、喜んで担いでくれる。預けた荷物が盗られる事はない。食事は、部隊の残飯を与えた。

付いてくる人間の狙いは火事場泥棒。我が軍が討伐した集落に侵入し、目ぼしい物を盗む。これがかなり儲かるらしい。行軍するうちに、付いてくる人数が増えた。中国人には「面子《メンツ》」に代表される義理堅い一面と、泥棒根性の両方があるように感じた。同じ中国でも、南方ではこうした行動はあまり見かけなかった。

永城に移動

次いで、トラックに乗って河南省永城に向かう。道の両脇に林檎の樹が立ち並び、白い五弁の花が咲いていた。対峙する敵は、蔣介石《しょうかいせき》翼下の李宗仁《りそうじん》と聞く。李宗仁は戦後、国共内戦の末期に、蔣介石に代わって政局を率いたほどの大物だ。

永城は万里の長城を思わせる城壁を巡らせ、城内には兵舎、医務室、将校室、講堂等の建物が揃っている。前に来ていた衛生兵は、小島班長と元木上等兵。槍部隊に臨時に出向していた。元木上等兵は同年兵だ。懐かしく、四方山話に花が咲いた。ただ、槍部隊の重機関銃射手が討伐時、腹部貫通銃創で即死した状況を聞かされ、憂鬱になった。軽機関銃なら伏せて撃つ事も出来るが、重機関銃は射手が上半身を起こして撃つゆえ、敵から狙撃されやすい。戦死した射手の射入孔を見たら大した傷に見えなかったが、身体をひっくり返して、背中の射出孔を見ると、大きく抉られていて吃驚したという。遠距離から狙撃されたのであろう。この戦死した射手が出撃前、整頓棚を綺麗にして行った事が気になって、これから整頓は程々にするとの事で笑った。

交替が終わって、元木上等兵は宿県の本隊に引き上げていった。落ち着いた所で、講堂で演芸会をやる。皆うまい。私も犬吠埼の声を振り絞り、「オーソレミオ」と「帰れソレントへ」を歌った。同盟国の歌ならよいとの事だった。五等を取り、源氏豆（砂糖豆）とコーリン（瓶入り林檎ジュース）を貰う。大事に少しずつ食べた。

時に吉崎上等兵が徐州へ公用で出かける。その時は必ず、洋楽好きな最上准尉がレコードを買い集めてコレクションを増やしていた。部隊にはレコードプレーヤーがあり、流行歌のレコードは娯楽必需品として多数揃っていた。しかし最上准尉はクラシックが好きで、その種のレコードをリクエストして個人で集めていた。ベートーベンの交響曲一番から五番、スペイン狂詩曲、ハンガリー狂詩曲、舞曲、チャイコフスキー、サラサーテほか歌曲等々、よく集めたものだ。

夜消灯後、竹針をカットしつつ、眠い目をこすりながら、吉崎上等兵と一緒にコンサート。お陰で私の音楽レパートリーが増えた。当時戦地では、金属のレコード針が無く、竹針で代用していた。竹針は、竹を油で煮て作られ、先端を斜めに切って使う。竹針は直ぐ磨り減る。ペンチみたいな器具で、時々カットしなければならなかった。十二インチのレコードをかける時は、竹針が最後まで持たず、曲が途中でスースーという音に変わる。二、三回カットしないと、最後まで聞き通せなかった。

私の家業は日本の伝統文化と関係があったが、私個人は洋楽にかなり関心を持っていた。周囲には不思議に見えるらしく、「お前、職業を間違ったな」とよく言われた。

野上曹長を性病手術

衛生兵は部隊の衛生管理が任務だ。兵が日曜日に外出する際は、性病予防として全員にコンドームを配布した。コンドームは今のような精巧なものではなく、作りが粗い。煙草の煙を吹き込んで、穴が開いていないか確かめるのも衛生兵の仕事だった。

そこまでしておきながら、性病をもらってくる兵もいる。性病にかかった兵は診断室で、「この野郎、どこで背負って来やがった」と衛生兵に張り倒されたものだ。性病患者の兵は、

「もう一切しません」

「もう絶対しないか」

「絶対しません」

と謝る。それでも中には、治療後すぐ遊びに出かけ、再びもらってくる運の悪い奴もいた。

ところが永城でのある日、野上曹長から、「石津、頼みたい事があるから今日は演習に出ないでくれ」と伝えられた。衛生部にしては恥ずかしい事であるが、横痃《おうげん》（性病の横根《よこね》）になっていた。部隊が演習に出ている間に、こっそり手術である。

患部は股動脈の上、饅頭のように盛り上がっている。道具は剃刀《かみそり》一本、コッピン二本、コッヘル鉗子一本、ペアン鉗子兼持針器一本だけで、メスはない。注射針で深部

に菌を追い込む怖れがあり、局所麻酔は打てない。まずクロールエチールをスプレー状に吹き付け、表面を凍らせる。動脈を切らないように用心しながら、研ぎ澄ました剃刀を切り下ろす。饅頭の中はオカラの塊のようだった。性病を移されてはかなわない。ルーデサックを三枚指に纏い、横から慎重に指を入れて抉り出した。膿胞も綺麗に取らないと再発する恐れがある。何とか綺麗に取れた。見よう見まねの執刀、門前の小僧習わぬ経を読むである。

終わった頃には額にびっしょりと汗をかいていた。麻酔無しの手術だったが、「北海道の熊」の異名を持つ野上曹長は、少し唸っただけで堪えた。あるいは、下級兵の手前だったせいだろうか。野上曹長とは永城から戻った後に分かれ、その後どうなったかは知らない。

帰国してから、野上曹長の同僚の栗山曹長に、「あの手術はお前がやったのか」と驚かれたが、術後の話は聞かなかった。栗山曹長とは、新郷で剣道の手合わせをした思い出がある。

敵の寝返り部隊を表敬訪問

性病手術から三日後、我が小隊は、敵正規軍から寝返った小部隊の基地を表敬訪問した。水濠を巡らした立派な城壁だ（城壁はあるが、町ではなく、孤立した要塞）。城内は新しく、中国人好みの赤青緑黄の極彩色で装飾した門扉だった。向こうは総勢百名程で、我々よりピシッとした軍服を着ている。城内に入った時点で総攻撃は勘弁と願った。攻撃されたら袋の鼠だ。寝返った部隊だけに、いつ又裏切るか分からない。「敵に塩を送る」の故事に習ったのであろうか、我が部隊は彼等に煙草を贈ったそうである。

このたびの敵は八路軍と違い、荒っぽい攻撃を仕掛けてこなかった事が幸いした。まもなく槍部隊と交替して本隊に戻り、部隊は各中隊（担架、車両、医務室）が個別に分かれた。衛生隊は事実上、解散。後で聞くと、担架中隊は河南省に移動。車両中隊は二百頭の馬匹《ばひつ》受領（馬の徴発）に太原へ向かったという。私は車両中隊から本部医務室に帰隊。医務室は上海に移動後、第六十二混成旅団兵站病院（軍医と衛生兵で構成）となって、福州に敵前上陸した。第六十二混成旅団兵站病院兵士の出身地は、北海道から沖縄まで全土に及ぶ。まさに寄せ集めの部隊だった。旅団は師団に比べて、縮小した編成だった。

四章　降り坂滑る右に石あり

福州上陸前日

昭和十九年九月、南方行き予定の残留部隊が上海に集結、私達は第六十二混成旅団の兵站病院となる。九月九日、輸送船に乗船。三日目の九月十二日、海面すれすれに司令機三機飛来、両翼を上下に振りながら通過命令伝達。「武運を祈る」である。兵員全部舷側に整列、敬礼した。続いて輸送船の側を駆逐艦一隻、水煙を上げて通過。その時、爆雷であろう、水柱三本続けて上げて行き過ぎた。対潜水艦の為だ。緊張した。

福州上陸作戦は、米軍が福州を橋頭堡《きょうとうほ》に、台湾、沖縄を攻撃すると予想して、先制攻撃を仕掛ける意図だったようだ。

福州敵前上陸（浙閩《せつみん》作戦）

昭和十九年九月十三日午前二時、起床の声と共に輸送船の右舷側に集合、縄梯子につかまり次々に下り始める。下には既に上陸用舟艇（ダイハツ木造）が待機している。舳先はスコップのように平らだ。直ぐ銃座に重機関銃を据え付け、乗船完了の声と共に焼玉エンジンは高く響く。艇の両脇を見れば、星空の下、無数の舟艇が白波を蹴立てて、岸辺に向かって走る。

まもなく暗闇の中、艇は止まる。諸艇の中、我が艇は何時《いっ》の間にか一番右翼だ。下船命令は船舶兵（暁部隊）より出る。水面は、さながら墨汁のうねりである。躊躇《ちゅうちょ》した次の瞬間、船舶兵より激しく「何を愚図愚図《ぐずぐず》しているか！」の声が飛んだ。

歩兵は銃を上に捧げ、ダイハツの脇から海に飛び下りて行く。我々は、医療品と糧《りょう》抹《まつ》等二十キロ近くをリュックサックで背負っている。ひっくり返ったらお陀仏《だぶつ》だ。着水すると、胸元で水面が止まった。やれやれ砂地である。岸辺に向かって急ぐ。左手、遠く機関銃の音がする。舟艇は回転して一目散に本船に引き返して行った。

周囲を警戒しつつ、繁みの傍に集合し、シーの口合図（号音）と共に行動開始。繁みを抜け、間道を歩くうちに空が白み出した。後ろを見れば、繁みは砂糖黍だ。次に前を見上げてアッと息を呑んだ。バナナだ。我々部隊は、「右へ行け」と言われれば右に行く存在。作戦行動の前に行き先を告げられる事はない。上陸して初めて南国に来たことを知り、驚き、又、珍しかった。

道が上り坂になると同時に、情況は激しくなって来た。敵は水際作戦を選ばず、山上より水辺に向かって壊滅作戦に出た模様だ。敵兵は土壕に隠れ、機関銃などで撃ち下ろしてくる。木の枝が生い繁っているから、銃弾は当たりっこないが、それでも激しく撃ってきた。後で聞いたところでは、敵は上陸作戦を実行数日前から察知していたらしい。

海岸から高嶺へ、死の瀬戸際を体験

坂を上りきり、平坦な台地に出た。眼前には敵兵の屍《しかばね》と共に、友軍の屍もある。譬《たと》えは悪いが、魚河岸のマグロのように屍が転がっている。隊はどんどん先に進んで行く。戦死者は本来、身近にいる同じ班の同僚（戦友）が面倒を見るものだが、進撃し続けなければ敵に押されるとあって、歩兵も戦死者に構っていられない。我々衛生兵がやるしかない。戦死者の人差指を切り落とし、認識票をくりつけ、袋に入れて進む。手首をと思ったが、重くて歩けず駄目だった。石川上等兵（衛生兵）は傷者の銃を取り着剣、傷を受けて苦しんでいる敵兵に、止めを差して回る。傷者を治療する者が傷者に引導を渡す姿は、昔で言う武士の情けだろうが、私には出来なかった。

再び急坂を登る。次の台地では敵弾が至近弾となり、シュシュと掃射状態になった。進むに進めず、膠着状態となる。小用をしたくなり、やむなく体の側に小穴を掘って済ませた。味方の攻撃で敵が退却し、漸《ようや》く前進。担架兵は居ない。我々兵站病院兵が傷兵一人を治療且《か》つ担送しながら、高嶺の稜線に差し掛かる。

進む事しばし、遂に稜線は文字通り刀の峯のように両側が切り下しになって、四人担送が二人担送に変り、匍匐前進《ほふくぜんしん》になる。腹這いで担架を前に送り出しては、自分も前に進む。その時対山より激しく機関銃の狙い撃ちだ。「あの銃眼を潰さなくちゃだめだ」と味方の声が聞こえてくる。地蔽物とて無い。僅かに生えた草が、こちらの姿を隠してくれる程度。敵弾が頭上の葉を射抜き、葉先がチラチラ落ちて来た。

その時、我が脳裏に今迄経験した事のない現象、即ち、束にした写真を爪で弾くように、すごい速さで幼時から近年迄の映像が映し出された（後日、二、三の人から、外況は違っても、死の境界に立った時点で同じ現象を見た、と聞いた。台湾で飛行場の整備兵をしていた従兄弟も、敵の機銃掃射を受けた時、同じような映像が脳裏に浮かんだと話していた）。友軍が山砲で敵火点を制圧するのに幾何《いくばく》か、僅か二、三十メートル先の小さな台地に着くのに、何キロも這いつくばって進んだように感じた。

着くまもなく担架を下げ、降り坂の山下に梅嶺盆地の集落が見えだした頃、又、敵抗戦が激しくなり、やむなく岩場の蔭に担架と身を寄せ、仮眠する。疲労困憊していた。やがて出発合図と共に、傍の草むらに隠れていた農夫三人に、幾何かの金を与え、担架と装具を託した。

梅嶺盆地、迫撃砲弾で危機一髪

「救護隊前へ」、左山頂に布陣していた山砲隊より要請である。左肩貫通銃創で倒れていた傷者を収容、傷口を止血及び消毒、三角巾で肩を吊った。貫通銃創の銃弾は体内に入って螺旋を描きながら進むため、射入孔は小さくても、射出孔が大きくなる。この傷者は、幸運にも至近弾だったため、射出孔が小さくて済んだ。処置を終えて担架で運び、山下の梅嶺《ばいれい》盆地入り口の農家に入る。農夫に運んでもらった者を含め、傷者三人を収容した。

ひと休みする間もなく、敵の激射が始まった。テキナンと称する弾だ。岩に当たると炸裂する。近くで撃って来るので、発射音と着弾の炸裂音が同時に聞こえる。右から撃っているのか左から撃っているのか迷う。私が何気なく居場所を壁際に移し、苦力《クーリー》(下層の肉体労働者)が私の居た場所に寄ったその時、轟音と共に土煙が部屋一杯に立ち込めた。迫撃砲弾が屋根を打ち抜いたのだ。

ふと足元を見て驚いた。先ほどの苦力が、背中に大きな弾片を突き刺して倒れている。急いで医療具を引寄せ抜かんとして、軍医に止められた。「駄目だ。血管を切っている。抜いたら直ぐ死ぬ」。夜陰で戦闘が収まる迄、処置なしだ。

夜になる。動きようがなく、屋根を打ち抜かれた農家に宿泊する。砲撃された部屋の隣室は、土間の台所である。窯のそばに筵《むしろ》を敷き、戸板でグルリ囲って寝た。ゴロ寝では疲れが取れないと、装具、上衣は外した。不思議な事に、激戦のあった夜の夢には必ず亡母が現れる。見守ってくれているのかと、感謝した。

明け方頃、入り口に人の気配がして目を覚し、戸板の隙間から見て、思わず棒を呑んだようになった。敵兵五、六名が目の前にいるのである。敵兵との距離はわずか二、三メートル。腹が空いているのか、釜のフタを開け「没有《メイヨー》（無い）」とだけ言うと、外へ飛び出した。戸板の陰にいて気づかなかったのか、手榴弾を投げ込まれずにすんだ。友軍は直ちに射撃したが当たらず、敵は一目散に彼方の山地に逃げ込んだ。完全に混戦状態である。

二時間後、「ヤラレタ」の声を上げ、大隊長の大石大尉が頭部貫通銃創で即死した。道路に出たところで狙撃されたのだ。頭部貫通で声を出したのは他に聞いた事がない。頭部貫通銃創を受けると、大抵はそのままカクンと崩れ落ちて絶命する。大石大尉の「ヤラレタ」の声は、未だに耳底に残っている。

まもなく「兵に告ぐ、爾後《じご》の十二大隊の指揮は第一中隊長、猪上中尉が取る」の声だ。悲壮である。追い詰められ、切羽詰まった気持ちになった。既に大隊の三分の一は倒れたと聞く。衛生兵には銃が渡っていない事もあり、「大丈夫だろうか」と心細くなった。

敵を制圧、福州市街目指す

漸く前方を制圧、梅嶺盆地から平地に下り、田圃《たんぼ》地帯を歩く。夜陰になり、畑地の土手に待機。夜七時頃「救護隊前へ」の声で、秋田少尉を長として六名が這うように走る。場所は平山《へいざん》だという。福州を目前にした敵の最後の拠点。文字通り平茶碗を伏せたような丘だ。

平山の麓に一軒の農家があり、その蔭より戦況を見る。トーチカが火を噴いている。平山を制圧しに行った部隊の兵が足関節《そくかんせつ》貫通創を負ったと聞く。敵は、地を撫でるように弾を打っているらしい。トーチカは、まだ生きている。若くて張り切っている秋田少尉は、飛び出そうとする。傷兵が出血多量で手遅れになる前に、収容しようとしたのだろう。しかしこれでは、ミイラ取りがミイラになる。あと五分間待つ事を進言してまもなく、友軍の潰し射ちでトーチカを制圧。傷者の患部を止血・固定し、担架に乗せて収容後、間も無く眼前の福州市街に雪崩込んだ。

福州YMCAに病院開設

福州市街に入る。福州は台湾に近く、古くから日本人との交流があったそうで、我が軍が展開しても、日本語を話す中国人が随分街中に残っていた（中国人は日本人を「東洋鬼《トンヤンクイ》」と呼び、日本軍がやって来ると何処かに逃げてしまう事が多かった）。ジャンク（大型木舟）に乗って物を運ぶ女性の中に、「私、江戸っ子よ」と言い出す者もいて、吃驚した。街中では、うっかり日本語で悪口を言うことなどできなかった。

福州市街には電灯があった。山上から見た時、あの灯りは電気かなあ、ガスかなあと考えていたが、薪を焚いて起こす火力発電の灯りだった。福州は山に囲まれており、木がふんだんにある。夜八時か九時ぐらいになると、電灯は消えて辺りは真っ暗だ。薪が勿体なかったのだろう。

「閩江《みんこう》」の河畔、YMCAのレンガ造りの建物に兵站病院を開設した。市の中心部には、電動式の手術台や電気メス等の優れた設備が揃った病院があった。しかし、そこに患者を収容すると、敵襲を受けた時に四方から囲まれてどう仕様もなくなる。YMCAに病院を開設したのは、背水の陣で、背後から敵襲を受けないようにするためだ。作戦要務令の一つである。

YMCAでは、約二百名程の患者が一階の大講堂に続々と収容された。二大隊の三分の一がやられるほどの激しい戦闘の後だけに当然だ。しかも上陸時二隊に分かれ、我が大隊は山岳地帯に向かって攻撃して福州市街に突入したのだが、別働大隊は閩江の川沿いを伝って攻撃した。所謂《いわゆる》二方面作戦で、福州の中心地区で合流しただけに負傷者も尚更《なおさら》に増えたのである。

YMCAの二階は個室の連室で、我等衛生兵の寝室になった。一室二名ずつだが、寝床は一人ベッド。長四角の木枠に籐張りで二人寝た。朝、目が覚めると真ん中に二人団子になっている。顔見合わせ、野郎同士ではと苦笑いした。トイレは洋式で、小生腰掛けて用を足すのは初めてだ。何だか便がS字腸辺でつかえているようで出ない。仕方なく細い便座の縁に両足を乗せ、サーカスのような格好で用を足した。次回からは畠の中に駆け込んだ。

朝食後直ぐ、片隅の患者から治療が始まり、夕方遅くに末の患者の治療が終わる。排泄物が満足に処置出来ず気の毒だった。又、傷口にウジ虫が湧き清拭する中、軍医から膿の吸引に、ウジ虫を使う場合もあると聞き、二、三匹は残す事にした。

その中、手術を要する患者が増えてきた。地下室に約二十メートルのプールがあった。縁の広い所に手術台二基持ち出し、腹部に手足、悪い物は切り落とした。眼球の切除も施行した。プールは文字通り血の海になった。患者からは「切り取らないでくれ」と懇願されたが、切除しないと命が持たない。手術時は麻酔が効いているため、切除されたのが分からない。いずれ切り落とされたのが分かるだろう、分かる頃には気持ちも落ち着いて、手術の必要性を理解してくれるだろうと推測した。とにかく最前線の応急処置を施し、患者を急ぎ後送するよう努めた。

大腿部を切断する手術の場合、切断面の血管を結束して、止血しなければならない。止血した断面は、押し潰した水撒きゴムホースの先端のような感じである。衛生兵では手に負えず、執刀医が一人で行わなければならないため、大変だった。神経の処置をしなければならないのは、神経が剝《む》き出しになったままだと、何かに触れる度に痛むからである。神経は白く細長い。大腿部の神経は親指程だった。引っ張るとゴムのように伸び、パチンと切って手を離すと、引っ込んで戻るのである。

手術した患者は陸軍病院に後送され、整形外科医があらためて手術、切断面を半球状に閉じてまとめる。これは化粧手術と呼ばれた。整形と言えば、美容整形のイメージがあるかもしれないが、整形外科はこうした形態を意味した。

眼球の摘出は、眼球のすぐ裏に脳があるので厄介だ。うっかりすると脳を傷つけるので、外科医は眼球の摘出手術をやりたがらない。それでも放置できず、手術が行われた。眼球は案外深く、摘出すると後がぺしゃんとへこむ。義眼を装着するのは、へこみを避ける意味もあった。

ゲリラに反撃

翌朝治療中、窓ガラスが割れると同時に、ババババンの連続音を外に聞いた。機関銃の音にしてはおかしいと怪しむ。窓ガラスが割られた。敵襲だ。ババババンの連続音は、敵が人数を多く見せかけるため、道端に投げて鳴らした爆竹だった。

「独歩患者は、直ちに配備に着け」と命令する。歩ける患者は銃を持って窓際に立った。衛生兵三人も、歩けない患者の銃を借り、二階のベランダに駈け登る。窓縁を支えに銃を固定し、下を見る。五、六人のゲリラが塀の角手前にある家の脇に佇み、銃を病室に向けて射撃して来た。直ちに応戦、三人を倒した。私も一人倒した。残りは逃げた。

様子を見て病室に戻ると、すぐに秋田少尉が飛んで来て、「石津、銃を持って俺に付いて来い。南台島に行く」の命令で同道した。ＹＭＣＡの直ぐ裏手に、南台島に渡る石橋（戦前日本人の構築と聞く）が掛かっていた。トラック二台が漸《ようや》くすれ違う広さの橋で、自然石を積んだ頑丈な構造で、石橋上真ん中に第六十二混成旅団の本部が位置し、羽賀旅団長（少将）他五、六人が地図を広げ、図上作戦会議を開いていた。

そこで飯島参謀（少将）に会う。二十七、八歳とまだ若く、陸軍士官学校一番と聞く。張り切っていた。秋田少尉は進み出て、兵站病院に一個分隊の配備を要請した。

飯島参謀曰く、

「お前の腰に着けているのは何か」

「ハイ軍刀であります」

「何故それで戦わんか、各隊は掃討作戦配備で一個分隊といえども余裕はない」

と言下に断られ、帰隊した。

後で考えれば、戦争も末期状態であったのだろう。福州上陸作戦も寄せ集めの軍隊で敢行したのだ。確かに余裕はなかった筈《はず》だ。

応急処置した患者は、第一次患者後送により、百名以上をジャンクで上海に送り出した。飯島参謀は此の作戦後、南方戦線で戦死したと聞く。

南台島に病院移動

第一次患者後送で患者数が減ったので、病院を南台島の大学校舎に移した。なだらかな傾斜地に校舎が三棟ほど並ぶ。正面の校舎に内科・外科の治療室を、斜面を下がった平地の校舎に病室をそれぞれ設置した。

病院の規模は大きかった。病室の棟の下に兵舎があり、それを通過すると池があった。ほとりには芙蓉の花が咲いていて印象的だった。校舎の周囲は高級住宅街で、洋館が建ち並ぶ。実に静かだ。歩哨で立っていると、メジロなどの小鳥が頭に止まる。豊かな自然を感じた。

私は、初め外科勤務となった（ＹＭＣＡの時は外科も内科もなく、担ぎ込まれた傷者の治療にひたすら追われた）。外科医長は丸顔で禿頭の有吉大尉だ。外科医の中には不思議な事に、軍隊にもかかわらず上衣をダランと開けて、ポケットに手を入れて歩く先生がいる。有吉大尉がまさにそうだった。「盲腸《アッペ》」の手術は十分以内でするとの事。外科医の技術のバロメーターは、アッペを十分以内で済ませることにあるらしい。

次に、整形外科医の井倉中尉がいた（最前線では、化粧手術はしない）。物静かな牧師といった面持ちだ。暇な時、病室から運び出してテラスに集めたピアノの前に坐り、ショパンのポロネーズであろうか、鍵盤に指を踊らせていた。余暇、傍で聞き入る私に、「石津、医者にとって、リズムはラッセルを聞き分けるのに必要なんだ」と穏やかに話してくれた。尺八もたしなむと記憶している。次いで秋田少尉だ。彼は四国にあるハンセン病患者の療養所に勤めていたそうだ。殊に「神経癩の末梢部を切除する医師」と聞いた。面長で若々しく、責任感の強い人だった。

後、私は内科に移る。医長は益田大尉。鼻下にコールマン髭を蓄え背は高く、細ブチ眼鏡で一寸《ちょっと》キザだ。或る時「石津お前、弓に関係があるのではないか」と聞かれ、うなずいた。石津家は、親父が矢、叔父が弓を作り、昭和天皇の御用達だった。大尉は慶応大学に在学中、本田流の弓道場に通い、しばしば親父の話を聞き、かつ、作品に憧れていたとの事、嬉しかった。次に、五味中尉（衛生隊編成出）、牛木少尉（大阪市衛生課）がいた。五味中尉は、威張り屋の半面、根は優しい人だった。ただ、度の強い眼鏡をかけ、少しどもる癖があるため、一寸感じの悪い人に映る。

城田少尉（南京陸軍病院出）とは妙に話が会い、「石津、下熱剤のキニーネの保留に限界があるから、軍医部は現在、髪の毛より抽出すべく研究している」等、種々話し込んだ。将校と兵隊は職務以外あまり話をしないものだが、城田少尉とはちょくちょく雑談した。次は、薬剤官長沢中尉（衛生隊出）だ。薬剤室に何時の間にか、美人の中国婦人が出入りしだした。日本語、英語に堪能で、薬物に熟知しているとの事、スパイではないかと訝かる。薬剤官の下に岡田という同年兵がいた。件《くだん》の中国婦人は食糧が目当てか、金が目当てか。薬剤室では下働きに使っていたらしい。

テラスに集めた楽器の中から、オルガンを弾く兵もいた。私の一年後に入隊した古川豊一等兵である。クラシックから演歌迄弾きこなす。故郷で暇にまかせ習ったとの事だった。後日、「松江」で終戦後、患者の哀れさに「古川豊とその楽団」と称し、犬吠埼の声の私が歌手の一人にされようとは想像もしなかった。

市街地に外出

敵の掃討も進み、状況も若干収まって、福州市街に外出できるようになった。銃は持たず、帯剣一本ぶらさげてあちこち歩いた。平定した後は、商店も開く。街中では日本語がかなり通じ、店から顔を出した中国人に「兵隊さん、何か用ですか」などと話しかけられたりした。先ず果物ではバナナ、パパイヤ、赤子の頭程のザボン。又、甕《かめ》入りのザーサイ(古漬)が、味がこなれていて美味い。パパイヤの半熟を試しに塩漬にして見たが、変わった味がした。舌触りはツルンと感じられるが、歯触りは大根みたいにサクッとしていた。

ターフンという食べ物もあった。腐乳である。酒に漬けたり、醤油に浸けたりして売っていた。チーズに味付けしたような感じで、きめが細かい。小さな甕に入れて売られているのを買って帰り、部隊で熱々《あつあつ》のご飯に乗せて食べると非常に美味かった。他におかずも要らなくなる。経費節減に徹した軍隊の食事に飽きてくると、そうやって目先を変えて食べた。

次に、当地の料理では所謂ワンタンである。ここが元祖と聞いた。即ち、紐革饂飩《ひもかわうどん》(きしめん)のようなものに、挽き肉を叩き込んだ形だ。最も美味かった。我々の楽しみは、先ず食物にあるように思った。

福州等の南方で飲まれていた酒は、主に紹興酒《しょうこうしゅ》(老酒《ラオチュウ》)だった。北方は高粱酒が中心で、錫や陶磁器製の口の曲がった土瓶で酒を注ぐ。中国大陸では緑や赤、ピンクといった彩り鮮やかな酒も見かけた。

少し話が脇にそれるが、美酒《ミーチュ》というピンク色の酒も、記憶に残っている。杭州と上海の間の一帯は酒所(紹興酒で有名な紹興の町もある)で、時々、瓶《びん》に入った美酒を見かけた。本来は女の子が生まれると美酒を甕に仕込み、嫁ぐ時にその甕のフタを開けるという。日本でも、女の子が生まれた時に桐《きり》の木を植え、嫁ぐ時に箪笥に仕立てる地方があるが、それと同じかもしれない。美酒は販売もされていたが、多くは家庭で作られていた。

第二次患者後送に同道

十月初め、私は揚子江で使っている川汽船（約八百トン）で第二次患者後送に従事、上海第一陸軍病院に向かった。船は吃水《きっすい》が浅く、横波を被《かぶ》ると転覆《てんぷく》するらしい。沖を航行出来ず、岸沿いに五日間で着いた。船内では、皮付きジャガイモのみそ汁や、肉と芋の煮付けを食べた。

出航二日目に疾病患者の一人が死亡。体を拭いて毛布にくるみ、ロープで縛って、舷側から海に投げ込んだ。平時の遠洋航海なら、遺体を投げた地点を船で三周し、汽笛を三回鳴らして死者を弔《とむら》った後、航海を続けるという。しかし戦時にその余裕はなく、遺体を海に投げ、舷側で一同並んで敬礼した後、先を急いだ。何とも哀れだった。

病院に着き、七名の看護婦が出て健気に患者搬入を手伝ってくれた。久し振りに見る日本婦人、実にきれいに見えた。

搬入が終わって後、戦線の状態を尋ねるので次々に話した。彼女等は、目を輝かせて聞き入っている。その中、「ねえ、私達、愛媛班だけ、班長に言って福州へ付いて行こう」と言い出した。話だけでは、前線の凄まじさは分かるまい。ただ、純粋なヒューマニズムから言うのだ。

翌朝、我々が隊列を整え、営門を出る時、彼女等は敬礼と共に手を振ってくれた。おそらく叱られたのであろう、酷《ひど》く淋しそうな顔をしていた。我々は再び川汽船に乗り、沿岸伝いに福州に戻った。次回の患者後送の時、この船は空襲で撃沈したそうである。

城田少尉の病死と屍衛兵《しかばねえいへい》

無事、福州の隊に帰った時、城田少尉は腸チフスに依る腸穿孔《ちょうせんこう》を起こし、重体だった。私が第二次患者後送で上海に出発する前は、少尉は元気だった。わずか十日程の間に発病した形だ。それでも私の顔を見て笑ってくれたが、まもなく病死した。

南台島の病院には、病棟下の池の側に物置小屋があり、そこが城田少尉の霊安室になった。近しくしていた私と、奥山兵長が屍衛兵についた。銃に着剣、敵襲や野犬を防ぐため、遺体の脇に立って警護する役目だ。その中、通夜であるのに、将校宿舎からどんちゃん騒ぎが聞こえてくる。屍衛兵の我々は空腹だ。誰も来ない。供え物に饅頭が山と積まれている。前から見ただけでは分からないように、山の後ろから饅頭を失敬した。翌日、茶毘に付して後送した。

狸里《コリ》で穴掘り

次いで私は、営前《えいぜん》の分院（療養所）に配置替えになった。営前は福州の川下、南台島をはさんで馬尾《マーフィー》の対岸に位置する。素晴らしい景色の場所だ。ちょうど南台島の先端が切れて、二つに分かれていた閩江《みんこう》が目の前で合流する。恐らく、以前は税関所だったのだろう。岸から川に向かって少し突き出た建物は、船がつけるように高足になっていた。

営前で、腹具合がおかしくなった。慶応出の軍医が「これは新薬だから効くぞ」と言って、胃腸薬のズルファグアニジンを出してくれた。飲んでみたが、下痢は一向に止まらない。「軍医殿、おかしいですよ、これ」と言っている中、肛門から回虫が出てきた。二十センチ程もある。マクニンという虫下しを飲んだら、三匹だったか五匹だったか回虫が出てきて、腹は治った。回虫は放置すると腸に穴を開ける。「こんなのがよく入っていたなぁ」と言って笑った。

営前では衛生兵の仕事をせず、近くの狸里に出向き、指揮官栗山曹長（衛生隊）の軍の最終陣地といえる穴掘り作業に従事した。日本軍と同じようにアメリカ軍も強襲上陸してくると予想、日本軍が戦闘で大量に傷者を出せば、傷者を穴に運び込むつもりだった。衛生兵は病院を想定して穴掘りに取り組んだが、歩兵は敵対陣地として掘っていたようだ。

二百穴以上掘ると聞く。土と岩の箇所がある。土の所は鶴嘴《つるはし》で掘って木枠をはめて進んだ。岩の所は冶金をハンマーで打ち込み、穴にカーリット（土木作業等に使う過塩素酸塩爆薬）を詰めて爆破、さらに奥へと進む。初め二、三十回位しか振れなかった鎚《つち》が、おかげで百回が二百回にと、戦友と競って振るようになった。ふとゲーテの詩の「汝鉄鋲《てつぴょう》となりて鉄鎚《てっつい》に打たれんか、然らずんば鉄鎚となりて鉄鋲を打たんか」を思い出し、身を持って感じた。

一箇の穴は、二ヵ所の出入り口からコの字型に掘るか二方向から掘るが、正確に測量して掘るわけではない。うまく接続しないことも度々あった。岩盤が斜めになっているると、とんでもない方向に掘り進めてしまう。向こうから掘ってきた連中とどこかですれ違い、向こうの話し声がこちらの穴に響いたこともある。うまくつながらなければ、掘り直したり、連結後の穴の中に変な坂が出来たりした。鶴嘴で掘った穴はまだよいが、発破《はっぱ》で掘り進んだ穴がだめになった時は、後始末が大変だった。

挙げ句の果てに、他隊で落盤事故が発生。間違えば、生き埋めになる者が出るところだった。我々も地膨れを見た。土の箇所では、少し穴を掘り進めては木枠をはめるが、隙間から土が膨れ出てくる。はめた杭もしなうように見えて恐ろしい。

カーリットの事故もあった。導火線が湿気ていて、火が途中で消えそうになる。様子を見に行った途端にカーリットが爆破、一人が死亡した。他二名が別々の穴で、様子を窺った時に爆発、手を負傷した。ピンセットと包帯で仕事する衛生兵に土方作業をやらせたのだから、事故は避けられなかった。

軟らかい所を鶴嘴で掘っていて、蛇の穴を掘り当てた者もいた。冬眠していたのか、とぐろを巻いていた大蛇が、穴から落ちてきた。二メートル程の長さがあったが、運よく毒蛇ではなかった。後で、この蛇にいたずらして遊ぶ兵がいた。

幾つ穴を掘ったことか、コの字型に掘る穴の傍らに、木苺の群生を見る。山道を朝夕、宿舎（寺院）への行き帰りに摘み、齧りながら歩いたのも、一刻のささやかな慰めである。肉を仕入れた時は、夜すき焼き鍋を作ろうとネギを探したが、見つからない。畠にニンニクが生えているのを見て、ネギの代わりに葉を切って採り、肉と共に煮て食したら、腹がホカホカ燃えるような感じで大騒ぎした。そして小用に川筋に出ると、ホタルと思しき物が草むらに止まっているのをつまんだ。指先の百足《むかで》に似た虫（ホタルの幼虫だった）に驚き、手を引っ込めた。

その中、戦争の大局が変わった。アメリカ軍は福州を橋頭堡に、台湾や沖縄を攻撃すると見て、我等が先制攻撃をしたのであろうが、案に反し直接艦船に依る物量戦になったため、我等の上陸地は必要が無くなったのであろう。穴掘り作業は中止。福州南台の本隊に引き上げた。医療器械の入った医キュー（丈夫な大きい箱）をジャンクで発送。その後まもなく、昭和二十年五月三日午前一時、非常呼集と共に石橋を渡り、福州市街の裏山に配備に着き、次いで馬尾に向かって走ったのである。

福州撤収作戦

シューシューと低く、鋭く、右隣の戦友の口から久しぶりに夜襲攻撃の号音を聞く。私も直ぐ、同音を発しながら、左腕を肩の高さまで上げ、肘から先を真っ直ぐ立てた後、右に倒して左の戦友に合図を送った。この動きが順次繰り返され、部隊全体に号令が伝わる。

対山にいる敵を攻撃すると装っての撤収作戦だ。先刻一時、非常呼集と共に南台島の病院（本隊）を出て、地を這うように市街の裏山に着いた。歩兵は既に着いており、この小山に横縞模様に布陣していた。上陸時、配属になった十二大隊だ。

攻撃と見せかけて退却

月空の下、敵も対山に布陣している。我が隊（救護隊）は後続隊の為、平地なら後方に位置するが、山地では中腹にいる。敵が砲を撃ち込んでくるなら、まず中腹を狙う筈だ。そうなると一溜りもない。

眼下の歩兵は、既に動いている。我々も繁みを踏み分け、夢中で山を下りた。敵を攻撃する振りをして、前進せずに退却する。右手には、上陸当初に病院を開設したYMCAの建物、次いで閩江の土手が目に入る。音を立てないようにひたすら下山、次いで「始め処女の如く終りは脱兎の如し」だ。やがて思い切り走った。

左手の畦道、右手に閩江の土手下、兵は皆走る。敵も日本軍が逃げたのに気づいたらしい。やがて迫撃砲と機関銃で攻撃してくる。シュルシュルの音と共に、ドカンの炸裂音が二発三発、迫撃砲弾のつるべ打ちだ。迫撃砲弾は標的の真上まで水平に飛行、カクンと垂直に落下して破裂する。その時、シュルシュルと羽根の回る嫌な音がするのだ。不気味に感じた。同時に後方では、豆を炒るような機関銃の音が聞こえる。次いで前方でボクンの発射音、続いてズズンと空気を破る響きと共に、砲弾が頭上を後方に飛んでいく。我が軍の山砲、さらには大隊砲だ。先に退却した戦闘部隊が、前方を制圧した後、踏みとどまって我々を援護する。双方の音が入り乱れた。これはかなわん。頭を抱える気持ちで走る。

三人ほど傷者が出た。攻撃時なら傷者を担いで運ぶが、退却時は後方から敵が迫る。傷者をゆっくり構っている余裕はない。もたもたしていると敵に攻め込まれる。又、他にも傷者が続出するかもしれない。傷口を縛り、仮包帯した後、「歩けるんだから、何とか歩いてくれ。俺達は先に行く」と声を掛けるのが精一杯だった。傷者は死に物狂いでついてきたようだ。

やがて目標の馬尾の集落が見え出した。隊の配備伝達と共に、救護隊は一軒の農家に十三名雪崩込《なだれこ》んだ。家主はいない。隊員の中、ある者は横になり、ある者は壁に寄り掛かって、そのまま寝込んだ。疲労困憊である。起きようとしない。しかし、直ぐ移動展開となったらどうなるだろうか。

「おーい飯の仕度だぞー」と怒鳴ったが返事が無い。「よし俺がやろう」と、私他一名で各人のリュックサックから米を集め、折良く傍に有った窯の釜にあけて、火を付け炊きだした。眠い。されど炊き上げなくては。朦朧《もうろう》とした意識のまま炊き上げ、「おーい飯が出来たゾー、皆食えよう」と言いながら、窯の傍にあった中型の甕が目に留まった。中の液体を飯盒の蓋で掬い上げ、一口飲んだ。老酒のようだ。味は薄い。が、喉はカラカラだ。二杯三杯五杯夢中で飲む。幾杯飲んだか、次の瞬間打ちのめされた感じでその場に倒れ、文字通り前後不覚になった。

馬尾から松江へ——馬尾での休息

何時間ぐらい寝たのか。翌朝、目が覚めると、皆起きあがってノコノコ動いていた。

起床の後直ぐ、朝食の仕度に掛かる。先ず副食に、農家の庭先にいた鶏をつかまえた。首を切り落とし、土塀のL字形の内側に置く。鶏は首を切られた後も暫く騒いでいた。鶏の血液は毒素に変質する。血が出きったところで調理した。手早く調理するため、羽はむしらず皮ごと剝がした。

そのうち、隣家の歩兵が俄に騒ぎ出した。見ると新田四郎の猪退治でもあるまいに、豚の背に帯剣を突き刺したところ、そのまま逃げられたのである。兵器だ、大変だ、と青くなって追い掛けている。武器をなくしたら営倉ものだ。営倉とは、陸軍懲罰令により罰せられた者や未処分の犯行者等を留置する建物、即ち軍隊内の牢屋のようなものだ。こちらは呆然として見ていた。大陸の豚は内地の豚と違い、放し飼いにされている。筋肉質で痩せこけて見えるが、走り出すと犬より速い。

二日間現地休止の後、隊列を整え、馬尾を出発した。ただ黙々と歩く。海岸伝いに行軍する。途中で傷者や病人が出ると、通信兵がモールス信号で沖を同行している船に連絡、船で搬送した。

三日目、農家に宿営。食事の後、雑談していると、隣の将校の部屋で、

「ナニッ、やるか！」

の殺気立った声がする。

慌てて戸を開けて驚いた。五味中尉と井倉中尉が軍刀を抜いて立ち上がっているではないか。皆で直ぐ双方に飛び付き、押さえて軍刀をもぎ取った。理由は分からない。ただ、二人とも大分酒が廻っている。

五味中尉はもともと鼻柱が強い上に、感じが悪く見える。井倉中尉も、普段は音楽に親しむだけに物静かだが、酒を飲むと虎狼《とらおおかみ》（酒乱）である。飲んでいるうちに目が据わり、おかしな事を言うカラミ酒だ。普段と酔った時の落差が大きかった。二人が前からソリの合わないのは分かっていたが、まさかと吃驚した。ほどなく酔いが冷め、収まった。

敵弾をかいくぐり、山間の大河を渡る

温州《うんしゅう》に向かって行く途中、山間の大河に阻まれ河原で待機。工兵隊は直ちに小舟やドラム缶を集め、仮の橋を架ける作業に入る。その時、待っていたように迫撃砲の連射洗礼を受ける。友軍の損害は免れた。敵の狙いはどうやら架橋にあったようだが、砲弾をジグザグに落としてきても、山間なので当たらない。味方は無事渡河完了後、山砲二発で架橋を粉砕した。射撃の正確さに感心する。

我が大隊の砲兵は優秀だった。将校（中尉）はアメリカで砲術の教育を受けて来たそうである。普通は指揮班が計測し、「射程何千メートル、角度何分角、弾込め、撃て」と指示を出してから発射するが、この中尉は砲を装着した途端、「距離三千メートル、弾込め、撃て」で取りあえず一発撃つ。指揮班はこの間に出て行く。中尉は先ず一発撃つ事で、ぐっと腹を抑《おさ》えるようだった。

渡河後、山を上っていくと、敵トーチカが山腹に二、三ある。山を上る我々を待ち構えて、銃撃してきた。我が部隊の歩兵が十字砲火を浴びせ、トーチカを沈黙させた。敵兵はトーチカを放棄、蜘蛛の子を散らすように逃げたが、我が部隊は逃げる敵兵を追撃した。

次いで山上より海岸伝いに歩く。前方を進む隊列は細長くうねって行く。大層な事を言っても、所詮自然界の大きさに比べればゴミに等しい人間の姿を、今更ながら見た感じだった。

温州を進む

道はジグザグに曲がっていく。そのうち、雨期（此の気圧が日本に流れていき、梅雨になる）に入り、連日雨中行軍になる。体の中に濡れていない場所などない程になり、太った体でもないのに、股擦《またず》れが出来た。ヒリヒリする。アヒルの行進だと顔をしかめながら、戦友と笑い合った。ほどなく集落に入り、三日程駐留した。続いて行軍し、雨は二十日程続いた。

まもなく、蜜柑畑の続く温州に入った。内地の果樹園のようによく手入れされた木々を眺めていると、上空に思い掛けない機影に接する。アメリカのB24爆撃機である。慌てて傍らの枝豆畑に入って、膝立伏せ（片膝を地面についてしゃがんだ格好）で息を潜める。掃射を受けた。偵察であろう、引き返して来るかと思ったが、不思議に来なかった。沖縄か台湾を攻撃しに行く途中、我々を見つけたついでに攻撃したのだろうか。兎《と》も角《かく》、助かった。

蜜柑畑の山道を通過する事三日間、山腹に山桃の木を見つけ、大きな枝を切り落とし、交互に一人が担ぐ。後続の戦友達が代わるがわる甘そうな実を選り取って頬張る。蜜柑はまだ時期が早く、実が小さかった。

なだらかな山の上に建っていたキリスト教会が印象深い。特徴的な建築様式が際立っている。何故こんな高い所に建っているのか。中国南部ではこういうキリスト教会が目立つ。宣教師が戦闘状況をスパイしているとの噂もあった。

やがて温州の山々も過ぎ、緩やかな山路は下りになる。粘土質で足元が危うい。路は半円を描くように右へ曲がって行く。左に川のせせらぎを聞きながら、その上の畑中に佇む農家一つ二つ山影に入って薄黒く見える。

降り坂滑る右に石あり

目を行く先に移せば、左右に連なる小山の上、所々に鉄の仏塔《ぶっとう》が立っている。仏塔の下に時々、墓石が並んでいるのが目に付く。僧侶の墓が多い。「西方浄土」ゆえ、昔から墓石は西向きが普通だそうだが、ここには東向きのものもある。見かけた僧に聞けば、かつて日本の修行僧が死に臨んで望郷の念に駆られ、東向きに立てる事を望んだのだそうだ。昔は命懸けで海を渡ったのであろう。信仰の厳しさに哀れを感じながら歩みを進めていると、遥か向こう正面、夕日に映える城壁が眼下に見えだした。時として赤茶色に光って見える望景に、理由《わけ》もなくチャイコフスキーのアンダンテカンタービレの曲が心に浮かんだ。

ここは天台宗の発祥地、天台である。城内には入らず、迂回して行軍した。

振り返って後続を見れば、傷者を担う担架兵が黙々と歩いている。時々、先棒《さきぼう》が何かをつぶやくように言う。何気なく耳に入るのは、

「降《お》り坂《さか》滑る右に石あり」

と後棒《あとぼう》に注意する声だ。隣を歩く加納兵長と顔見合せて微笑んだ。

彼等は徴兵年齢最終の四十五歳と聞く。入隊して間もない兵籍である。よたよたしているように見えて、今の四十五歳より遥かに爺さんぽく映った。担架を担ぐのを代わってやりたい気もした。

福州を出てから約三ヵ月、幾山河を越え去りしか、ほどなく杭州の手前、松江《ショウコウ》に到着。直ちに病院を開設した。

五章　終戦

松江にて

松江に着いてあらためて顧みると、何時の間にかよく歩いたものだ。幾度か弾丸の洗礼、天候の変化。それに立ち向かって、傷病兵の出るのも仕方なく、お互いに励まし合いながらよく松江に着いたものと振り返ってみた。町は日本軍の制圧下にあり、落ち着いていた。

当初、キリスト教会堂で病院を開設したが、狭い上に、床は祭壇下より傾斜しており、患者の寝かせ方に苦労した。我々の寝床は祭壇の上で、有難くなったかのようだ。後、向かい側にある学校校舎に移動。さらに、ここより十キロ離れた高鏡《こうきょう》に療養所を作るべく、衛生兵十五名程が選定され、側に流れる川に浮かぶ二隻の櫓舟に分乗した。はじめ流れに向かって上っていたが、まもなく右へ曲がると流れが下りになる。俗に南船北馬と言うが、その通りで、水路で行く程に、流れが上ったり下ったりする。

丘道を小輩《ショウハイ》（子供）が竹棒の先にヒモを垂らし、アヒルの群れ三百羽程を歩かせ、餌をやりに移動させていた。アヒルはボスを先頭に、三角形状に群れて移動する。小輩がヒモの先で、ボスの頭を左右何《いず》れかからコツンと叩く。ボスのアヒルは、頭の右側を叩かれると左に曲がり、左側を叩かれると右に曲がる。それに連れて、群れ全体が曲がるのがおかしかった。アヒルの群れには、そこかしこで出会った。小輩は時々、群れの中の一羽を売っていた。アヒルは卵も食べられる。やや生臭いが、鶏卵より大きく、食べごたえがあった。

やがて民家（空き家）の四、五軒あるうちの一軒に駐留。川の向かい側の土手上に、屋台が朝並び、野菜、魚等を売る。のどかだ。所謂《いわゆる》朝市が立つのも面白く、ウナギと思しき魚で、尾が真っ直ぐで尾ビレ無く、エラビレだけが付いていて、体に縦縞模様がある。エラビレが無かったら蛇と見間違えるような魚に驚いた。

朝、宿舎前の川に入り、飯盒で米洗いをしていると、人怖《ひとお》じしない小魚が我々の足に群がり、毛脛を突つきに来るのも愛らしく、思わず望郷の念に駆られた。夕方遠く、小高い丘の上に尖った屋根にレンガ造り。キリスト教会の家であろう。其処より鐘の音が、水田を這うように聞こえてくる。

まるで別天地に来たような気でいる中、私の体に変調が来た。熱が四十度前後に上り、三日間寝た。参った。マラリアの三日熱である。駐留先の民家で安静にし、薬嚢からキニーネともう一剤を出して、慌てて飲んだ。キニーネはよく効くものと思った。

玉音放送

本隊より帰省命令が来た。狐につままれた気持ちで帰隊してまもなく、住民が騒がしくなってきた。号外と共に、日本敗れたりの噂が立った。翌日、部隊回報で、デマに惑わされず軍務に精励せよの指令を受けた。

そして十日後の朝、部隊全員広場に集合せよの指令に整列。これより天皇陛下の玉音放送あり。静粛に聞くようにと申し渡され、終戦を言い渡された。中国大陸では進撃戦であり、寝耳に水である。我々は何であったろうか、ただ呆然とするばかりだ。福州の撤収は作戦に過ぎない。どうしてこんなに攻めていたのに、降伏したのかと思った。

しかし寄せ集めの部隊で福州上陸を敢行したのを後で振り返ると、降伏に合点がいく面もあった。後聞するところによれば、一部部隊は大陸に立て籠もり、抗戦すると宣言したという。又、現に国民党軍下に入り共産軍と戦った兵士もいる。私はそれを、帰国した本人から聞いた。

終戦で住民の態度が当然変わってきた。しばらくして、隣に駐留していた憲兵隊長が、頭に拳銃を当てて自殺、隊員（特務機関兵）は一般人の服（便衣）に着替え、何処かに消えた。又、他部隊の中には、そのまま現地に溶け込んで民間人になってしまった者や、金儲けに成功した者もいたらしい。

歩兵部隊は朝から夕方まで道路補修に駆り出され、我々病院部隊は傷病患者の救護活動に、国際赤十字条約に準じて専念した。

軍医と喧嘩

しかし人間の弱さ狡さは、二、三日経った頃から表れてきた。軍医は昼間より麻雀に明け暮れ、診断もそこそこである。例えば、気管支喘息で痰咳が詰まり苦しんでいる患者がいた。処方箋に軍医の判がないと薬局から薬が出ないため、判を貰いに行くと、「ああ、あの患者はまもなく死ぬ。薬がもったいない」の返事に、「ちょっと待って下さい。それはないでしょう」と一喧嘩。要は判をくれればよいので貰って引き上げた。

それでも軍医の中には、研究勉学する軍医もいた。五味中尉がその一人で、胃潰瘍で死んだ患者を手術室に二名運び、解剖を施行した。潰瘍は親指が入る程の穴を見た。彼は内科医だが、潰瘍の状態を見ておくためだった。私が助手をしたが、腹部は体温がなかなか消えず、したがって腐敗が早く、腐臭が酷い。マスクにホプロール精（消毒用アルコール、手術時に手指消毒の仕上げに使い、芳香が強い）をビショビショに浸けるも、尚臭《なお》った。肋骨を解体してみた。肋骨に抜鋏刀《ばっきょうとう》を使うところ、円刃刀《えんじんとう》（メス）で切ったため、刃がボロボロになった。医療器具を手入れする療工兵の渋面が思い出された。

慰問団の結成

私には、兄、義兄（姉の夫）が一人ずついる。何処《いずこ》の空の下で、如何《いか》に過ごしているか気になった。病気なら近くに引寄せて、看てやりたいと考える夜もあった。

或る日、病室に帰って、何気なく療養品庫を見て驚いた。患者が一人、扉を開け、果物等の療養缶詰を三、四個抱えて、持ち出しているではないか。階級は軍曹、下士官である。「何している貴様は！」と私は怒鳴った。兵隊と見てか、「缶詰を貰いに来た」と反り返って返事が来た。

「貴様のしている事が何であるか分かっているであろう。階級章を外せ！」と怒鳴って、我が階級章を外すと同時に、相手を張り倒した。次いで「事故退院で帰隊し、営倉に入りたいか」と言うと、向こうは土下座して謝った。営倉入りは留置場入りに等しく、階級が下がる可能性もある厳しい処罰だ。

私は分隊に帰り、如何にして落魄《らくはく》した患者を引き立たせるかを考えた。体の一部を失った者はがっくりして、可哀相《かわいそう》だった。自殺するんじゃないかと思うような落胆振りで、慰め励ますのが漸《ようや》くだった。そんな中、慰問団を結成しようという気運が生じた。

募集の結果、慰問団は総勢二十数名に達した。先ず劇団を編成。南雲兵長がシナリオを書き、私が脚色した。タイトルは「父子草《おやこぐさ》」。劇筋は、母親が病床に伏し、子供が饅頭（パンで代用）を籠に入れて町に売りに行くが、村外れで悪ガキ共に「父《てて》なし子」といじめられ、籠をひっくり返される。そのうち父親が帰ってきて、親子手を繋ぎ、家族が一つに戻る筋書き。あっさりした話だが、患者達を慰めるのが目的だ。悪ガキが籠のパンを撒き散らす場面では、患者に向かって撒くのである。

小倉上等兵が父なし子であり、パン作りに当たったのも彼だった。先ずドラム缶を探し出し、横にして、下より火を焚き、天火にする。次に小麦粉に重曹《じゅうそう》(膨らまし粉)を混ぜて練り、小豆餡を入れて作った。それを患者にバラ撒いた。久し振りに見るパンに、涙して喜んでくれた(中国大陸には緑豆が豊富にあり、砂糖黍から取った黒糖も手に入る。それで餡を拵える事は出来た。ただ、重曹を入れ過ぎると、パンが苦くなって美味くない)。

次に、弥次喜多道中箱根関所の巻である。谷川上等兵が奉行になり、私は弥次郎兵衛となる。下帯《ふんどし》をマーキュロクロムで赤く染めたのはいいが、本番の舞台で下帯がずっこけた。劇が受けずに、ずっこけが受けたのも皮肉であり、よい思い出になった。

喜多八役の今泉一等兵が役にのめり込み、眉毛を剃って黒く書き直した顔が面白く笑った。

さらに、古川豊とその楽団なるものを編成。楽器は、ベニヤ板で作った形だけのギターで、音はボロンボロンである。マラカスも作った。小さいホーロー引き食器を二つ合わせて、中に小豆を入れ、絆創膏でとめて使った。唯一本物の楽器はハーモニカで、古川一等兵が吹く。彼はピアノ、オルガンも手がける器用な男だ。止せばいいのに、私が歌手になったのも夢のようだった。

先輩と議論

衛生兵で一年先輩に、神道を信奉する兵隊がいた。余暇、その兵と神道のあり方を論じた。印象に残っているのは、日本と中国の間で忠孝のあり方が同じかという議論だ。私は同じだと主張したが、先輩は違うと言う。

中国に次のような故事があったそうだ。ある将軍が兵を率いて敵を包囲し、もう一押しで攻め落とせる時、故郷から将軍の許に母危篤の知らせが届いた。将軍は部下の長に軍の指揮を任せ、五、六人を従えて故郷に帰ったという。将軍が戦場を離れた途端、敵は盛り返し、攻略軍は敗北した。軍は戦に負けたが、この将軍は親に対する孝が立派だとして、逆に名声を高めたという。日本の場合は、親を捨てても忠を尽くせという面がある、と先輩兵は論じた。

日本が敗北した事で、松江の町を気軽にぶらつくわけにはいかず、余った時間にこういう議論をした事もあった。

中国人苦力と涙のお別れ

患者の後送も終わり、部隊は移動すべく仕度に掛かった。その最中、班で下働きをしてくれた現地の老爺《ラオイエ》（老人）が大きな草魚《ゾーユー》をぶら下げて来て、鍋に油を注ぎ、日本で言う竜田揚げを拵えてくれた。日本参参《リーベンマイマイ》で（日本へ帰ったら）これを作って、我的《ウオデ》（私を）思い出してくれと言い、涙ながらに馳走してくれたのである。私も含めて、七、八人で戴いた。出発の日、老爺は隊列が小さくなるまで見送ってくれた。彼のこれまでの人生、殊に戦争という異常事態に、幾多艱難があっただろう。送る者、送られる者、お互いに労《いたわ》りの気持ちで一杯だった。

列車は一路、上海に向かって走る。途中、杭州西湖の畔でホタルが夜乱舞し、辺りの景色の輪郭がはっきり見えるほど明るかった事を思い出しながら、上海呉淞《ウースン》に着き、他部隊と合流。着いて三日目、昭和二十一年三月一日、呉淞港より「帰れる」の言葉を胸のうちに収め、尻を押されるようにアメリカ艦船LSTに乗った。長蛇の列に並ぶ兵は全員、心は内地に飛んでいた。

帰国

当時、LSTと日本の掃海艇が、ピストン輸送で引き揚げを行っていた。LSTに乗り終わったと思ったら、落ち着く間もなくもう発進。波浪は白く、両舷側に蹴り立てて走った。船内は文字通り鮨《すし》詰めで、無事な我が身を抱く感じで座った。

ふと便意を催した。聞けば甲板でしろという。甲板に出ると驚いた。舷側より、太い角棒が二本平行して海上に突き出し、先端に横板二本を渡し固定してある。その上には、細い丸棒二本、同じく平行して海に突き出ていた。角棒の上に体を乗せ、丸棒にしがみついて用を足す仕組みだ。これでは命がけの用足しになると思った。やむなくズボン、下着をおろし、両丸棒にしがみつくようにして、足元の角棒の上をそろそろ前進して用を足す。眼下の水面が盛り上がってきた。途端、腰まで波が来た。尻もズボンも水浸し。流されまいと丸棒をしっかと握るのも漸くの事。ここで死んでたまるかと祈った。

船室に帰って着替えてほどなく、九州博多港に上陸。直ちにドライヤーのような散布機で、ＤＤＴ（殺虫剤）なる白い粉を頭、襟首、肌下等全身に吹き付けられた。これが済んで次に、携帯品全部を広げ、アメリカ兵が検査。目ぼしい物は取り上げられた。又、けばけばしい服装の若い日本女性がアメリカ兵にしなだれかかる姿を見て、複雑な気持ちになった。中国の売春婦と変わらない。終わって、隊より若干の金と食糧を貰い、解隊となる。中国は、我が軍の物資が豊富にあり、殊に薬物など補給なしで十年分あると言われていた程で、初め三梱包渡る筈だったが、一梱になり、終わりには手提げ袋一個になった。しかし、帰ってからマラリアを発症した時は、手提げ袋の中にキニーネが入っていたので助かった。

列車に乗ると、乗客が皆白い目で見ている感じで、一寸萎縮した。名古屋を通る時、焼け野原に独り立つ名古屋城の姿に哀愁を感じた。親元に帰るも家は無い。浦島太郎になったような気がした。家のあった場所に立て札があり、埼玉県大宮に強制疎開したと記されていた。大宮に直行、親父は叔父・叔母と共に居た。安堵した。月遅れで兄も帰ってきて、お互い無事を喜び合った。ただ、親父がボケていたのに不憫さを感じた。

付記

帰省して三年程、時たま朝、目を醒ました脳裏に「アー生きている」と、夢も見ないのに何気なく浮かんだ言葉も、戦争のショックによるものでしょうか。生活に結婚にと、環境の変化に押されながら、残る気持ちの中に必ず亡き輩《ともがら》の犠牲が無駄にならない世代になることを念じている次第です。そこで申し上げたい。「強くしかも正しく生《い》き貫《つらぬ》いてこそ人生の有り方を知る」と感じました。

座右銘　常時遊静水

著者　石津　功（八十二歳）

著者プロフィール

石津　功（いしづ　いさお）

大正10年（1921年）11月13日、東京・豊島区生まれ。
石津家は古くから弓矢作りが家業で、兄弟で修業をする。昭和天皇の御大典（即位の式）の弓矢の装束は、父・巖と叔父・重貞が製作する。学校卒業後、兄は父に矢を、弟の私は叔父に弓を師事する。

昭和16年12月30日、召集により出征。
昭和20年８月15日、中国の松江で終戦を迎える。
昭和21年３月１日、帰国。
昭和23年９月１日、割り箸商を開業。
平成５年10月１日、割り箸商を廃業。

実録第二次世界大戦戦記　降《お》り坂《さか》滑る右に石あり

2003年７月15日　初版第１刷発行

著　者　石津 功
発行者　瓜谷 綱延
発行所　株式会社文芸社
〒160-0022　東京都新宿区新宿１−10−１
電話　03-5369-3060（編集）
03-5369-2299（販売）
振替　00190-8-728265

印刷所　図書印刷株式会社

ISBN4-8355-5973-8 C0095